暴れん坊若様

御隠居用心棒 残日録 2

森 詠

時代小説

二見時代小説文庫

JN154219

目次

暴れん坊若様——御隠居用心棒 残日録 2

第一章　吉原（よしわら）通い

一

「ぜひとも、若様を探して連れ戻していただきたいのでございます。御隠居様、なんとか、お願い出来ませんでしょうか」

彩織（さおり）と名乗った御女中は、桑原元之輔（くわばらげんのすけ）の前にきちんと座り、深々と高島田の頭を下げた。彩織の白いうなじが、なんとも艶（なま）めかしかった。

「私からも、なんとか御隠居にお引き受けくださいますようお願いいたします」

彩織の傍らに座った口入れ屋の扇屋伝兵衛（おうぎやでんべえ）も、一緒に頭を下げた。隠居の元之輔は、じろりと伝兵衛の狸顔を見た。伝兵衛が、ぜひに、というのは、かなりの金になる仕事だからに違いない。

「……突然に、そう頼まれてものう。人探しなんぞ、これまで、やったこともない」

元之輔は後ろに控えている若党の田島結之介を振り返り、助け船を求めた。結之介は渋い顔をして腕組みをしていた。

どうやら田島結之介は、その頼まれ仕事が気に入らないらしい。

「その若様というのは、誰なのかな?」

御女中の彩織は、はっと顔を上げた。富士額の下の整った眉がキッと左右に吊り上がり、大きな黒い瞳が元之輔をきりりと見つめた。半開きになった唇の間から白い八重歯が覗いていた。唇の右下に黒子が見えた。美しい娘だと元之輔は思った。

「御隠居様、お引き受けいただけますか?」

彩織は嬉しそうに笑みを浮かべた。

「そうは申しておらぬ。名前もわけも言わずに、ただ探して連れ帰れと言われても、なんとも引き受けかねるではないか」

「……ですから、お引き受けいただければ、名前もわけも、すべてお話しいたします。でも、お引き受けいただけなければ、お話しするわけにはいきません」

彩織という御女中は、毅然として言った。

元之輔は困惑した。

扇屋伝兵衛は元之輔にこう言った。

「用心棒はカネになります。御隠居は黙って床の間の前に座っているだけでいいのです。御隠居の、その上品で真面目そうな武士としての風格、軀から滲み出る威厳が、人を畏れさせる。それだけで金子が向こうから、懐に転がり込んで来ます」

元之輔は聞いているだけで、面映ゆくなり、尻がもぞもぞするような伝兵衛の口車に乗せられ、御隠居用心棒なんぞという怪しげな名称の仕事を引き受けてしまったのが、そもそもの誤りだったのではないかと思った。

黙って床の間の前に座っていればいいはずの用心棒が、今度は人探しをしろ、というのか？

「扇屋、人探しも用心棒がする仕事なのか？」

「いや、そういうわけではありません。ただ今回ばかりは特別の事情になります。ですから用心棒の料金だけでなく、追加の料金をお払いします。普段よりもはずみますんで」

伝兵衛は狸顔の眉毛を八の字にし、両手を揉みながら、愛想笑いをした。

元之輔は、カネになる、という話に正直言って心が動いた。

すべての職を辞して引退し、隠居の身になったからといって、在所の田舎に隠遁したわけではない。山奥で仙人のように霞(かすみ)を食って生きていくのと違い、江戸で暮らすには、何かとカネがかかる。

特に最近は物の値段が一斉に上がって行く中、食い扶持は以前のままなので、暮らしは以前よりも厳しくなるばかりだった。

隠居元之輔の俸禄は一応五十石である。だが、これは家督を譲った息子誠衛門(せいえもん)の俸禄三百石から分けてもらっているものだ。そのため誠衛門は、表向き三百石取りだが、内実は二百五十石取りだった。誠衛門は御小姓組組頭なので役料十両が付いてはいたが、その俸禄二百五十石と役料十両で、家族や大勢の家人、奉公人たちを養っていかねばならず、暮らしは楽ではなかった。

そうした事情を知っていたので、元之輔は隠居の身で、五十石は多すぎると、二十石を頂くことにし、三十石を息子に戻した。

息子夫婦は、元之輔が隠居したとはいえ、元江戸家老の体面があると、頑(かたく)なに三十石の受け取りを拒んだ。そのため、元之輔は息子の立場を考え、額面だけは俸禄五十石とし、そのうち二十石だけ受け取ることにした。

息子夫婦は困った顔をしていたが、内心はほっと安堵したらしく、元之輔に深々と頭を下げた。

元之輔は、そうした事情があったので、たとえ暮らしが苦しくなっても、息子夫婦に迷惑をかけるわけにはいかない。御隠居用心棒の仕事の報酬で、なんとか暮らしていかねばならない。

かといって、御女中の彩織を前にして、報酬はいくらなのだと訊くのは憚(はばか)られる。隠居の身とはいえ、まだ武士の面目がある。金次第で仕事をするというのは、武士の矜持(きょうじ)に悖(もと)る。金子はほしいことは確かだが、それだけで仕事を引き受けると思われるのは、武士の沽券(こけん)に関わる。

田島結之介は元之輔の気持ちを察してか、伝兵衛を窘めてくれた。

「扇屋伝兵衛、御隠居はカネで動くのではないぞ。勘違いするな」

元之輔は黙し、腕組みをした。さすが結之介だ。伝兵衛は揉み手をしながら言った。

「は、はい。それは存じております。御隠居はカネでは動かない。それは重々分かっております。ですから、カネではない、義を見てせざるは勇なきなり、ということでございますよね」

義か。今度は、そう来たか。

元之輔は逆手を取った伝兵衛の返し技(わざ)に舌を巻いた。伝兵衛は言った。

「おカネのことは、後ほど、田島結之介様とのご相談ということで、いかがでしょう？　御隠居、この人探しは、知らぬ人にはやたらと頼めないことなので、御女中の彩織殿も、ほとほとお困りになっておられるのです。御隠居になんとか助けていただきたく、お願いに上がった次第なのです」

「お願いします。どうか、お助けくださいませ、御隠居様」

彩織も必死の形相で、大きな目で食い入るように元之輔を見つめた。

「……うむ」

元之輔は魅惑的な彩織の瞳に、つい引き込まれてうなずいていた。

「まあ、御隠居様、ありがとうございます。お引き受けくださるのですね」

「な、彩織殿、来る前に申しただろう。御隠居は困っている人の願いは、必ずお聞きになる優しい御方だと」

伝兵衛も喜びを分かち合うように、彩織に言った。

「はい」

彩織は天真爛漫な顔で笑った。

元之輔は彩織に尋ねた。

「それで、いったい、誰を探してほしい、というのだね」

「はい。忠憲（ただのり）様を探していただきたいのです」

「ただのり様？　どういう御方なのかな」

「酒井家の五男坊の忠憲様です」

「酒井家と申されるのは、もしや、若狭小松藩の譜代大名酒井様のことかな？」

「はい。さようでございます」

彩織は頷いた。

徳川親藩の小松藩十万石の酒井家は、代々大坂城代や京都所司代を務め、上方の治安維持に携わっていた。酒井家は徳川親藩の名門家として、徳川御三家御三卿と比肩する大きな敷地の屋敷を構えていた。

元之輔は江戸家老時代に、城中で酒井家の家老と何度か面会したことがあった。

「その忠憲様は、どうして行方知れずになられたのかな」

「行方知れずではありません。行き先は分かっております。吉原に入り浸っているのです」

「なんだ吉原の女遊びに耽っていて、屋敷に帰らぬというのか？」

「……はい。そうなります」

「では、誰か家中の者を出して、吉原へ迎えに行けばいいではないか。わしのような年寄りが乗り出すこともあるまいて」

「それが、家中の者が何度も吉原に若様を迎えに行ったのですが、若様は言うことを聞かず、遊廓に居座って、屋敷にお戻りにならないのです」

元之輔は田島結之介と顔を見合わせた。

「女狂いをしておるというのか。仕方がない放蕩息子だな。で、忠憲は、いくつなのだ？」

「十七にございます」

「生意気盛りだな。半人前なのに、一端の大人気取りをしておるのだろうな」

元之輔は、やれやれ、困ったものだと思った。十七歳で吉原通いなど、親の教えが悪い。おそらく、親が甘い顔をして、忠憲のせびるままに大金を渡しておるのだろう。だから、吉原で豪遊出来る。

もし、自分が忠憲の親だったら、がつんと言って、廓通いをやめさせるだろう。やめねば小遣いをいっさい渡さない。金蔓さえ断てば、忠憲は吉原から追い出され、とぼとぼと屋敷に戻って来よう。

放蕩息子の忠憲も忠憲だが、なにより親の酒井殿が悪い。子に対し、毅然として、だめなものはだめと言い渡さねば、子をだめにする。子がだめになるか否かは、親次第だ。

「若様がお荒れになるのは、わけがあるのでございます」

　彩織が怖ず怖ずと言った。

「どんなわけがあるというのかな？」

　元之輔は、どうせ、ろくなわけでもあるまい、と思った。

「忠憲様は、酒井様が側女のお志乃様に産ませた第五子なのです」

「側女が産んだ第五子か。……お世継には無縁な部屋住みの居候ということか」

　嫡子である長男は、どの家でも大事にされる。次男坊は、長男が病弱であるとか、気が狂れているとか何か問題がないと、大事にはされない。まして正室でも側室でもなく、殿が手を付けた側女が産んだ子で、しかも第五子ともなると、よほどのことがない限り、酒井家では跡目の芽はない。

　元之輔は煙草盆を引き寄せ、キセルの火皿に莨を詰めた。煙草盆の火種にキセルの火皿を押しつけ、キセルを吹かした。

「そのお志乃様とは、どんな御方だったのか」

「はい。お志乃様は奥に上がると御下方を務めておられました」

「ほう。御下方だったのか？」

　御下方は、三味線、小太鼓、鼓、笛、唄、舞などの芸を披露する芸妓のような御女中で、うら若い十七、八歳の美しい娘が選ばれている。御下方は奥の御傍御次(おそばおつぎ)の間に詰め、殿に呼ばれれば、いつでも芸を披露し、殿の無聊(ぶりょう)を慰めるお役だ。

「お志乃様は、それはそれは御綺麗な娘だったそうです。御上は、舞い踊るお志乃様をすぐに見初(みそ)め、お手をお付けになられた。そして、生まれたのが、幼名寅丸(とらまる)様、いまの忠憲様です」

「ふうむ」元之輔はキセルをゆっくりと吹かした。

「御上はお志乃様が大のお気に入りで、正室の静香(しずか)様や側室の麻紀(まき)様を差し置いて、いつもお志乃様を傍に侍(はべ)らせていたそうです。そのお志乃様が、ある日、突然に病に罹(かか)って亡くなられてしまいました。一時、御上はお志乃様の後追いをしかねないほど悲しまれました」

「ふうむ」

「そうして御上はお志乃様の忘れ形見の忠憲様を溺愛(できあい)するようになられたのです」

「お志乃様は、いつ亡くなられたのだ?」

「いまから六年前になります」

「忠憲が十一歳の時か」

「はい。御上があまり忠憲様をお可愛がりになられたので、ほかの御子様たちは、忠

「御憲様を妬んだり僻んだりなさいました」

「御上は、よほどお志乃様にご執心だったのだな。だが、それは忠憲の罪ではないな。ほかの息子たちの気持ちは分からないでもないが、忠憲を妬んだり、やっかむのは筋違いだのう」

「お志乃様が亡くなってなお、御上は、御長男や御次男よりも、聡明な五男坊の忠憲様を大事になさったのです。御長男は大人ですので、それほどでもないのですが、ほかの方々とは、あまり仲が良くありません」

「ふうむ。仕方がないのう。忠憲は母を亡くして、さぞ悲しんだことだろうな」

彩織はうなずいた。

「おそらく悲しまれたことと思います。でも、十一歳だった忠憲様はお母様が亡くなられたことを、健気(けなげ)にも、しっかりと受け止め、悲しみを心の奥に封印なさったそうなのです」

「……悲しみを封印したというのは、どういうことかな？」

「忠憲様は、お母様のお志乃様のことを、いっさい口に出さなくなったのです」

「……そういう事情は、おぬしが忠憲から直接聞いたことなのか？」

彩織はなぜか照れたように微笑んだ。

「いいえ。お志乃様付きの前の御女中から、お聞きしたことです。これは私が奥に上がる前のことですので、私が直接、見聞きしたことではありません」

「彩織殿は、いつ奥に上がったのだ」

「三年前のことです」

「忠憲が十四歳のころか。そのころの忠憲は、どういう少年だった？」

「私が初めてお目にかかったころの忠憲様は、明朗快活で聞き分けもよく利発、でも、やんちゃなところもある少年でした」

「で、三年経ったいまの忠憲は？」

「つい一月ほど前までは、若様は誰からも好かれる若者でした」

「いまのような放蕩息子ではなかった？」

「はい。忠憲様は文武両道に秀でた若者らしい若者でした」

彩織は言いながら、うっすらと頰を赤く染めた。

「お通いになっておられた道場では、忠憲様は剣の稽古に人一倍励み、その上達ぶりは、指南役を唸らせたほどでした。並み居る門弟たちの中で、常時、席次一位か二位を誇っておられました。一方で、学問にも熱心でおられて藩校で、こちらも席次一位でした」

「そんな若様が、いつから変わったというのだ？」

「一月前、お志乃様の七回忌を迎えてからです。突然に忠憲様は乱暴な口を利くようになり、お付きの私たちにも、暴力を振るうようになったのです」

「いったい、どういう心境の変化があったというのか？」

「分かりません。でも、若様の様子を見ていると、目は暗くて悲しみに満ちていて、まるで、これまで封印してきた悲しみが一挙に爆発したかのようでした」

彩織は目を伏せた。元之輔は腕組みをした。

「吉原に通うようになったのは、それからか？」

「はい。そうだと思います」

「誰が吉原に連れて行ったのだ？　忠憲が一人で吉原に行ったとは思えない。誰か、吉原に誘った者がおるはずだ」

「おそらく道場の悪い仲間が、若様を連れて行ったのではないか、と」

「道場の仲間？　どこの道場に通っておったのか？」

「不忍池にある関根道場です」

「なに、池の端の関根道場に通っておったのか」

元之輔は驚いた。

不忍池の池の端仲町にある関根道場は、亡き関根達之助師範が開いた知心流の道場である。元之輔は若いころ、その関根師範に剣を習い、知心流の免許皆伝を受けた。いまの道場主の近藤大介は、元之輔と同期の門弟で、かつては元之輔と大介は、もう一人の高弟竹田心平と並んで、関根道場の三羽烏と称されたこともある。

還暦を機に引退し隠居になった元之輔は、しばらく遠ざかっていた剣術の稽古を復活させようと、この春、ほぼ一カ月、関根道場に日参して稽古に励んだ。

最初のうちは、少年剣士たちに混じり、稽古を重ねた。そのうち、体が思い出してきた。少しずつだが、体が稽古に慣れ、次第に躯の動きがよくなるように感じてきた。

少し自信を付けた元之輔は、近藤大介師範に頼まれ、少年たちの稽古相手を務めるようになった。

もしかすると、元之輔が稽古を付けた少年たちの中に、忠憲がいたかも知れない。

「分かった。彩織殿、忠憲を吉原から連れ戻す仕事、お引き受けしよう」

「ありがとうございます」

真っ先に礼を言ったのは、揉み手をして待っていた扇屋伝兵衛だった。彩織も笑いながら、「ぜひとも、若様を連れ戻してくださいませ」と頭を下げた。

二

御女中の彩織と口入れ屋伝兵衛は、話が終わると、早急に引き揚げて行った。

別れ際、田島結之介が玄関先で、伝兵衛を捉まえ、何事かを交渉していた。交渉はすぐにまとまり、伝兵衛が懐から切餅(きりもち)を一個出し、田島結之介に手渡すのが見えた。

伝兵衛は狸顔を歪めて愛想笑いをし、元之輔に何度も頭を下げ、玄関から出て行った。

「伝兵衛は、えらくご機嫌だったが、吉原から忠憲を連れ戻す仕事は、かなりの実入りになるというのか」

「はい。そのようですな。吉原に乗り込むとなれば、かなり金子がないと出来ないと申しましたら、彩織殿も心得ていたらしく、さっそく、切餅一個を渡すよう伝兵衛に要請していました」

「ほほう。二十五両も頂けるというのか。ありがたいのう」

元之輔は笑いながら、頭を振った。

用心棒はカネになる。伝兵衛は、元之輔に何かと用心棒の利点を並べた。

一度は伝兵衛の口車に乗せられ、質屋の用心棒になった。実際に質屋の用心棒を数カ月、務めてみたが、用心棒稼業はそんな甘いものではなかった。

もっとも、地方藩の江戸家老の激務に比べれば、伝兵衛の言うように気楽ではある。用心棒の勘所(かんどころ)を掴めば、依頼人である質屋の主人の警護を務めながら、適当に気を抜くことが出来た。

江戸家老だった時には、藩内の些事万端(さじばんたん)に目を配り、御上、奥方様のご機嫌を損(そこ)ねぬように政を司り、御上が在所にお戻りの際は留守居役も兼ねて、幕閣や他藩要路との交渉、連絡を密にする。ともあれ、江戸家老と留守居役は多忙の極みにあった。

しかし人には引き際というのがある。ぐずぐず役職を続けていると、人からはやっかまれ、足を引っ張られる。そして、必ずどこかで失敗する。そうなる前に、潔(いさぎよ)く引退する。惜しまれてこそ引退の醍醐味(だいごみ)というものだ。

元之輔は還暦になるのを機に、後進に道を譲るべく、潔く家老職、留守居役を辞し、隠居の身になった。

隠居になったまではいいのだが、隠居とは、他人から見ると、もう何も出来ない無用の人で、過去の人のように思われる。

なにくそ、まだ若い者に負けんぞ、と思ったのも事実だった。年寄りは体力こそ若者にかなわないかも知れないが、長年の経験と、これまで世を無事に乗り切ってきた知力がある。

内心、用心棒稼業は、引退した年寄りの知恵と経験を活かす仕事かも知れない、と最近は思いはじめている。

なににもまして、日頃は縁のない他人の世界を覗き見るのも、隠居生活の退屈しのぎになる。ただ川辺で糸を垂れ、ぼんやりと一日を釣りで過ごす暮らしも悪くはないが、用心棒として、赤の他人を守るのも、ほどよい緊張と刺激があって快い。なにより、年老いても、若い者に負けずに働けるというのは快感だった。

「御隠居、だが、この仕事、若様を連れ戻すだけではないかも知れませんので、用心いたしましょう」

田島結之介は金子を包んだ切餅を手で玩（もてあそ）んだ。

「連れ戻すだけでなく、何があるというのだな？」

「分かりません。だが、どうも嫌な予感がするのです。よく言うではありませんか。簡単な仕事ほど、実は厄介で複雑な仕事になる、と」

「ほほう。なるほど。誰が言った言葉だ？」

「……それがしです」

田島結之介はにっと笑った。

「では、御隠居、放蕩息子探し、何から手をつけましょう?」

「それは、やはり吉原に乗り込むことからではないか」

元之輔はキセルの莨に火を点けた。

吉原には江戸家老になってからは、一度も行ったことがない。仕事が忙しかったこともあるが、江戸家老が吉原通いをしているとなったら、世間の物笑いになる。御上にも、いい歳になって女遊びをしているとは何事か、と叱責される。なによりも奥の目が恐い。

だが、今回吉原へ行くのは、忠憲という若造を連れ戻すというれっきとした口実がある。ただ遊びに行くわけではない。

田島結之介は元之輔にびしりと言った。

「だめです。御隠居、吉原に行くのは、最後の最後。その前にやることがたくさんありましょう」

「何をやらねばならないのだ?」

「まずは、御隠居も通っていた関根道場でございましょう。そこで、忠憲をたぶらかして吉原に連れて行ったワルを捉まえて、忠憲の人となりを聞き出す。そこから、始めねば」

「うむ。その通りだが……」

「それから、勘助（かんすけ）に吉原の様子を探らせましょう。忠憲の敵娼（あいかた）は誰で、どのくらい金を貢いでいるのか、とか調べさせましょう。勘助なら吉原のことならなんでも知っています」

勘助は田島結之介が昔から使っている渡り中間（ちゅうげん）である。雇い主の武家とは金銭だけの関係で、少しでも金払いのいい武家がいると次々に渡って行く折助（おりすけ）である。だが、元之輔が江戸家老時代から、桑原家の中間として働いていた。勘助は若党の田島結之介に、昔助けられたことがあり、恩義に感じているらしい。

「うむ。分かった」

元之輔は、吉原行きに駄目出しをされ、いくぶんかがっかりした。だが、言われてみれば、田島結之介の言う通りだった。

忠憲については、彩織から聞いたこと以外に何も知らない。顔も風体も分からない。もし、かつて剣を教えた少年たちの中にいたとしても、忠憲に直（じか）に会ってみなければ、どんな少年だったのか、まったく分からない。

元之輔は、まずは道場主の近藤大介に尋ねてみよう、と思った。近藤大介なら、門弟の一人一人をよく覚えているはずだ。

「御隠居、吉原、諦めがつきましたか」

田島結之介がにんまりと笑った。

「うむ。さっそく関根道場へ行って、近藤大介に会おう。それからだな」

元之輔はため息混じりに言った。田島結之介も満足気に笑った。

三

不忍池の水面は夏の陽光を浴びて、てらてらと輝いていた。弁天島(べんてんじま)の島影が池に揺らめいている。

元之輔は田島結之介を連れて、暑い陽射しの下(もと)、池の端をのんびりと歩いた。池を渡る風がそよぎ、葦の葉先を揺らしていた。

葦の葉陰にカルガモの親子が見え隠れしている。対岸の上野(うえの)の森には、喧(かまびす)しい蟬(せみ)時雨(しぐれ)が沸き立っていた。

昔、通った池の端仲町の町並みは変わっていなかった。小ぢんまりとしたたたずまいの関根道場は昔とあまり変わっていない。いやいや違う。近くに寄ってよく見れば、道場の屋根や板壁は何十年もの年月を経て、それなりに古び、傷んでいるように見えた。建物も人と同じように老け込むものなのだ。

道場の鎧窓（よろいまど）から少年剣士たちの元気のいい声が響いて来る。道場は暑い夏の盛りとはいえ、少年たちは竹刀を振るい、稽古で汗を流していた。

「暑いのに、少年たちは、みんな元気でございますな」

田島結之介は手拭いで顔の汗を拭いながら、顔を綻（ほころ）ばせた。

「うむ。五十年前は、わしもあんな少年たちの一人だったと思うと、感慨深いのう。いまではくたばりぞこないの老いぼれだものな」

元之輔は自嘲（じちょう）した。結之介は笑いながら顔を横に振った。

「いやいや、御隠居はまだまだ老いぼれには見えません。背筋がぴんとして、歩き方も堂々となさっている」

「見かけはそうかも知れぬが、中身はぼろぼろのよいよいだ。素振りも最近は百回もやると息が切れる。情けない」

元之輔は頭を振りながら、道場の玄関先を訪れた。開け放った玄関から、道場の中がよく見える。

十数人の少年剣士たちが、掛け声を張り上げながら、竹刀を振るっていた。少年たちの脇に立った近藤大介が目敏(めざと)く元之輔を見付け、「よう」と手を上げた。

元之輔と結之介は、近藤に頭を下げた。

近藤は師範代の青年と交替し、玄関先に出て来た。

「元之輔、しばらくだな。元気そうでなにより」

近藤大介は手拭いで顔や胸元の汗を拭い、話し掛けた。

「大介も、あいかわらず元気そうだな。安心した」

「いや、歳だ。足がもつれる。ごまかしておるが。昔のわしではない。そちらの御仁(ごじん)は?」

「この連れの男は、それがしの介護役だ」

元之輔は傍らの結之介を紹介した。結之介は遠慮深げに近藤に頭を下げた。

「いえいえ、介護役だなんて、とんでもない。それがしは御隠居の下で、若党として奉公しておる者でござる」

「ははは。ともかくも、二人とも上がれ。ここは風通しが悪くて暑い。裏庭の縁側で冷えた西瓜(すいか)でも食べながら、話そう」

近藤は元之輔と結之介に顎をしゃくり、道場の奥手を指した。

道場の裏庭には、釣瓶井戸がある。道場での稽古が終わると、門弟たちは井戸の周りで水を浴び、汗を流す。井戸端には欅が大きく枝を張り出し、葉陰を作っていた。庭には花菖蒲や紫陽花、擬宝珠が咲き乱れていた。生け垣の梔子の白い花が芳しい香りを立てている。

元之輔と結之介は、近藤に促されて、縁側に腰を下ろした。

「ま、ちと待ってくれ」

近藤は井戸端に寄り、釣瓶を引き上げ、井戸から大きな西瓜を取り出した。近藤は西瓜を抱えて、台所に姿を消した。三切れにした西瓜を盆に載せて縁側に現われた。

「御新造は？」

「いない。お盆の準備のため実家に戻っている」

近藤は縁側に西瓜の盆を置くと、どっかと胡坐をかいた。

「ま、食おう」

近藤は西瓜の一切れを取り上げ、ほかを元之輔と結之介に勧めた。元之輔は西瓜の切片を取り上げながら、稽古をする少年たちに顎をしゃくった。

「わしらだけで食ってもいいのか？」

「いい。井戸には、もう二個でかい西瓜を冷やしてある。それにあいつらに食わせたら、西瓜が何個あっても足りない。うわばみのような連中だ」

「じゃあ、遠慮なく」「馳走になります」

元之輔と結之介は、西瓜にがぶりと食らいついた。

近藤は西瓜の種を庭にぺっぺと吐き出しながら言った。

「元之輔、二人揃って何の用事があって参った？　ただ西瓜を食いに来たわけじゃないだろう？」

「うむ。おぬしの門弟に忠憲という若者がいるだろう」

「忠憲？　おう、酒井家の五男坊だな」

近藤は、ぺっと種を庭に吹き飛ばした。

「いたが、忠憲がどうした？」

「どんな男だ？」

「とんでもないワルだった。破門した」

「破門？　どうして？」

「どうしても何もない。初めは素直で真面目な少年だった。熱心に稽古もしていたので、特に目をかけて育てた。だが、めきめきと腕を上げて、道場でも、一、二の席次になると、急に態度がでかくなり、同輩や後輩たちに威張り散らすようになった」

「ほう。困った若造だな」

「それだけではない。忠憲と仲間は無尽講を開き、後輩たちを引き入れ、カネを巻き上げはじめた」

「なに、講を始めただと？」

元之輔は西瓜の種をごくりと飲み込んでしまった。

無尽講は頼母子講とも言い、貧しい庶民の間で流行った互助救済の金融方法だ。世話人の募集に応じた講の成員たちが、一定の額の掛け金を持ち寄り、抽選や入札などの方法で、集めた掛け金を順番に受け取る仕組み。初めは無利子無担保だったが、中には掛け金を払えない成員が出たので、世話人がなんらかを担保に金を立て替えて貸した。世話人は、後で貸し金を取り立てる。借金した者は何割かの利子をつけて返す。成員の中には、借金を返すために、また借金を重ねたので、借りた金が膨れ上がり、借金漬けになる者が出てきた。

「知っているように、門弟の多くは、あまり金のない旗本御家人の子弟だ。金持ちの忠憲が高利貸しとなって、講に誘った同輩や後輩たちを借金漬けにして家来にしていた。わしが気付いた時には、忠憲はせしめた金で吉原や深川の岡場所に出掛け、女郎買いをしていたらしい」

「……ううむ。困った男だな」

元之輔は結之介と顔を見合わせた。

「家来から巻き上げた金で女郎買いだぞ。けしからん。元服はしているとはいえ、まだ半人前の若造だ。わしらも、若いころ、仲間と連れ立って、女郎買いに行ったことはあるが……」

近藤は頭を掻いた。元之輔はにやりと笑った。

「それを棚に上げて、忠憲を責めるわけにいかんだろう」

近藤は苦笑いした。

「それはそうだが、わしらは、講とか高利貸しなんかで、仲間や後輩から金をせしめることはしなかったではないか。遊ぶ金は、土方仕事をしたりして、小遣いを貯めた金だ。やましい金ではなかった」

「それで、忠憲を叱ったのか」

「うむ。わしは忠憲たちを呼び付け、どやしつけた。うちの道場の門弟たちを誑かして、講を開き、高利貸しをやって金儲けをするとは、とんでもない悪党だ、とな。直ちに講をやめて、忠憲は、門弟たちに貸した金を帳消しにしろ、と叱った」

「ほほう。忠憲は、どうした?」

「わしが下手に目をかけてやったのが間違いだった。忠憲はまったく反省する様子はなく、不貞腐れて、そっぽを向いていた。わしは期待を裏切られた思いで、かっとなって、忠憲を怒鳴り付けた。破門だ！　直ちに道場から出て行け、と」

元之輔は大介が額に青筋を立てて怒鳴る様を想像した。近藤大介は、若いころから、直情径行(ちょくじょうけいこう)の男だった。

「そうしたら？」

「そうしたら、忠憲たちは、憤然として席を立ち、何も言わず道場を出て行った。そういう次第だ」

「忠憲たち？　忠憲のほかにも、誰かいたのか？」

「うむ。貧乏御家人の小倅でな。大塚順之介(おおつかじゅんのすけ)という若造だ。いつも、忠憲が家来のようにしていたやつだった」

「御家人の倅？」

「ああ。知人の大塚善之典(ぜんのすけ)の倅だ。順之介の名前通り、初めは真面目で素直な少年だった。わしが忠憲同様に目をかけていたが、まさか忠憲の腰巾着になっていたとは知らなかった」

「忠憲について行かなかった者たちは、いかがいたした」

「ほかの者は、その場に残り、反省していた」

「何人ほどだ？」

「十三人だ。で、反省した者には、講をやるとは何事か、と三日ほど謹慎を言い渡した。さらに、その連中には始末書を書かせ、道場への復帰を認めた」

元之輔は食べ終わった西瓜の皮を盆に戻した。結之介も食べ終わり、西瓜の皮を盆に置いた。

近藤は怪訝な顔をした。

「忠憲が、何かやらかしたのか？」

「うむ。どうやら吉原通いの末、屋敷に帰らぬらしいのだ。それで、酒井家の者から、ぜひとも、忠憲を吉原から連れ戻してほしい、と頼まれてな」

「元之輔、おぬし、隠居したと聞いたが、どうして酒井家から、そんなことを頼まれるのだ？」

「実はな、隠居はしたものの、ひょんなことから、用心棒をやることになった」

「用心棒だと？　粋狂（すいきよう）な。その歳で、用心棒になるとは、年寄りの冷や水もいいところではないか」

近藤大介は大きな口を開けて笑った。元之輔は少し傷ついたが、堪（こら）えた。

「大介、そういうおぬしも、わしと同年輩なのに、いまも関根道場で師範をしておるではないか。人のことを笑えぬぞ」

「ははは。それはそうだが」

大介は声をひそめた。

「たしかに、その通りなんだが、わしには、若手の師範代がおる。そやつに稽古の指導は任せて、わしは道場主然としてふんぞり返っているだけでいいんだ。わしも、昔のようには軀は動かぬのでな」

「やはりな」

「だが、歳を取れば取るほど……」

大介は額を人差し指で、とんとんと叩いた。

「ここは悪知恵が働く、というものだ」

元之輔は大きくうなずいた。

「年寄りの企み(たくら)だな。わしもそうだ。剣を使う自信はないが、その代わり、悪知恵を働かせる仕事ならまだ出来る。それで御隠居用心棒をしておる」

「ははは。そういうことか。納得だ。なるほど御隠居用心棒か。面白い」

大介は目を細めて笑った。

「酒井家から頼まれたのも、その御隠居用心棒の仕事なのか？　昨今、用心棒の仕事も変わったものだな」

「いや。実は、今回は特別だ。人の連れ戻しは用心棒の仕事ではない」

「そうか。だが、忠憲を連れ戻すのなら、酒井家の家中の者がやればいいではないか」

「酒井家の者が吉原に迎えに行っても、忠憲は応じず、屋敷に戻ろうとしないそうなのだ。それで悪知恵の働く隠居のわしが依頼されたんだ」

近藤は呆れた顔になった。

「どうして、隠居したおぬしが、頼まれたのだ？　元之輔、おぬし、酒井家とどういう縁があるのだ？」

「縁も所縁（ゆかり）もない。わしが、江戸家老をしていた時に、酒井家の江戸家老と知り合ったぐらいだ。だが、今回の依頼は、その江戸家老からではない」

「どういうことだ？」

「詳しくは分からないが、依頼人は、忠憲付きの御女中だった」

「ところで、忠憲の母は、正室でも側室でもない側女だとかいっておったな」

「うむ。そうなのだ」

「そういえば、思い出した。忠憲は酒井家の藩主がいる上屋敷や中屋敷ではなく、下屋敷から道場に通っておった。忠憲は本家から厄介者扱いになっていたかも知れぬな」

「そうか。それで御女中も、ごく内密に事を収めたいとしておるのかも知れない」

元之輔はなんとなく合点がいった。彩織は口入れ屋の扇屋伝兵衛に相談し、酒井家の家名を世間に出さないで、なんとか忠憲を吉原から連れ戻す方法はないかと訊いたに違いない。そして、依頼が己れのところに回って来た。

近藤大介はにやにや笑った。

「しかし、おぬし、忠憲と面識はあるのか？」

「この春、こちらで剣術の稽古を再開した折に、少年剣士たちに混じって稽古をした。その中に、忠憲はいたのではないか？」

大介は顎を撫でた。

「そうか。稽古で立ち合っておるかも知れぬな。じゃあ、こういう男を覚えていないか。がっしりとした、大人のような、いい体付きをした若者で、一見爽やかな美男子だ」

「立ち合った時、みな面を被っておるからな。面越しに見れば、みな美男に見えるがな」

「稽古が終わって面を外した顔を見たことがあるはずだ。眉毛が濃くて太く、目鼻立ちが整い、きりりとした男らしい顔をしている。男から見ても、こいつは女に持てる若者だと思わせる」

「男らしい美男ねえ」

元之輔は稽古相手の若者たちを思い出そうとした。だが、それらしい若者を思い出せない。いたような、いないような、はなはだ記憶が曖昧（あいまい）だった。

「そうだ。竹刀で打ち込んで来る時、竹刀が一瞬右に流れるように感じる。そんな若者がいたろう」

「…………」

「忠憲の悪い癖だ。わしは気付く度（たび）に注意して直させるのだが、直らなかった。竹刀を振るうちはいいが、木剣、真剣になると危険だ」

「なぜ、危険だと？」

「打ち込む際、体幹が右に振れているからだ。髪一筋でも体が崩れると刀身もぶれる。下手をすると致命的なぶれになるやも知れぬ。いまのうちに直しておけばいいのだが」

元之輔は十数人の打ち込みを思い出そうとした。だが、どうしても忠憲のような大人びた剣士を思い出せなかった。もしかすると、少年剣士たちと稽古した時、忠憲はいなかったのかも知れない。

田島結之介が口を開いた。

「ところで、近藤様、忠憲の講仲間の少年たちを何人か紹介していただけませんか。忠憲のことを、少し聴きたいのですが」

「大介、わしからも頼む」

元之輔は結之介の頼みを後押しした。

「いいだろう。いろいろおるが」

大介は道場の方に目をやり、考えた。結之介が言った。

「忠憲から大金を借りていた者、忠憲と親しかった者、いまも忠憲と親しくしている者」

「それから、いまになって忠憲のことを悪し様(あざま)に言っている者もいたら、頼む」

元之輔が付け加えた。

「いろいろ注文が多いな」

「それから、大介、頼みがある。少年たちを呼んだら、おぬしは悪いが席を外してくれぬか。門弟たちは、やはり道場主のおぬしがいると、本当のことを話し辛いだろう」

「分かった。いいだろう。あとで、結果は教えてくれ」

「うむ。分かった」

元之輔はうなずいた。だが、話すつもりはなかった。

近藤大介は盆の西瓜の残骸を片付けると、道場に向かって大声で言った。

「師範代、稽古はやめだ。本日はこれまで。みんな、冷えた西瓜を食べろ」

「みんな、聞いたか。西瓜だ」

「おう」「いええい」

少年剣士たちは喜びの声を上げた。

「みんな、井戸端に集まって、水をかぶり汗を流せ」

近藤大介の声が終わらぬうちに、少年剣士たちは一斉に道場から庭に飛び出した。

井戸の周りに集まり、みな上半身裸になった。少年たちは釣瓶で汲み上げた水を掛け合いはじめた。水飛沫（みずしぶき）があたりに跳ね上がった。

元之輔と結之介は、道場に避難し、少年たちの騒ぎを見ていた。

四

元之輔は、近藤大介が選んだ四人の少年たちを不忍池の弁天島に連れ出した。四人の少年たちは、近藤大介に「訊かれたことには、すべて正直に話せ」と言われ、いったい何を尋問されるのか、と緊張した面持ちをしていた。

弁天様の社に、全員で参拝した。元之輔は少年たちに予め賽銭を手渡しておいた。参拝を終えると橋を渡って戻り、池の端の水茶屋に、少年たちを連れて行った。先に結之介が水茶屋の女将に、欠き氷を注文していた。

「みんな、欠き氷を食べながら話をしよう」

少年たちの目が輝いた。声を押し殺しながら歓声を上げている。

店の軒下に吊るされた風鈴が涼やかな音を立てている。元之輔は少年たちと店先の桟敷に座り、欠き氷を食べながら、話を始めた。

「おじさんのことは存じておるな」

「はい」「知ってます」

みな一斉にうなずいた。

「一緒に稽古をしました」

「昔、近藤先生と竹田先生と桑原先生は、関根道場の三羽烏だったと聞きました」

「驚きました。桑原先生は、お歳を召しても、近藤先生と同じくらい強い」

元之輔は田島結之介と顔を見合わせて笑った。

「ありがとう。歳を取ると、どんなお世辞でも嬉しいものだ」

「お世辞ではありません」

一番年長の少年が、みんなを代表して言った。旗本の子弟で、名前は勝俣武之進。十七歳、忠憲と同じ年とのことだった。

元之輔は四人を見回した。

「予め言っておく。おぬしらから聞いた話は、誰にも言わぬ。近藤師範にも言わぬから安心しろ」

「…………」

少年たちは顔を見合わせた。元之輔の言葉を信じようか信じまいか、迷っている顔だった。

「わしが聴きたいのは、なぜ、忠憲は金持ちの酒井家の御曹司なのに、講なんかを作り、金を集めたか、だ」

勝俣武之進が頭を左右に振った。

「忠憲さんは、金なんか持ってなかった」

鳥居達蔵と名乗る旗本の少年が言った。達蔵は勝俣と同輩の十七歳。

「そう。忠憲さんは、それがしたち金のない貧乏旗本、貧乏御家人の味方だった」

元之輔は鳥居達蔵に尋ねた。

「忠憲は金がないから、講を開いて、金を集めようとしたというのかい？」

鳥居達蔵は激しく頭を振った。

「いや、違います。講を開いたのは大旗本の松平蔵之介に対抗するためです」

「そうなんです。松平蔵之介が、そもそも悪いんです」

林菊三郎と名乗る御家人の少年がきっぱりと言った。菊三郎は十六歳だ。林菊三郎の隣に座っていた大原源内が、声を荒らげて言った。

「松平蔵之介の講に入れられて、借金漬けにされたそれがしたちを救うために、忠憲さんは、新たな講を興し、金を集めては、それがしたちの借金を返した。そうやって、一人ずつ、松平の講から抜け出させたんです」

大原源内は旗本の少年で十六歳だ。

元之輔は優しく訊いた。

「しかし、松平蔵之介の講を抜け出すことが出来ても、今度は忠憲が開いた講で、新たな借金を背負うことになったんじゃないか？」

「それはそうですね」

勝俣武之進がうなずいた。元之輔は笑いながら言った。

「新たな借金を背負うとなったなら、元の木阿弥じゃないのか？　世話人が松平蔵之介から忠憲に替わっただけではないか」

「………」

四人は顔を見合わせて黙った。元之輔はさらに言った。

「忠憲は、みんなから集めた金で、吉原に通い、遊女相手に遊んでいると聞いた。みんな忠憲に騙されているんじゃないのか」

勝俣武之進が真っ先に反応した。

「それがしは、そう思います。だから、みんなに、忠憲を信じてはだめだ、といっているんです。もう少し、冷静になって考えようと」

鳥居達蔵が赤い顔で言った。

「違うな、忠憲さんは、松平蔵之介とは違う。忠憲さんは、我らに黙っているが、何か大事な目的のためにやっていることなんだ」

「そうかな。それがしは、忠憲さんから吉原に行くと聞いて、忠憲さんを信じられなくなった。みんなも騙されているかも知れないんだぞ」

勝俣武之進が頭を振った。

林菊三郎は真顔で言った。

「それがしは、忠憲さんを信じてます。忠憲さんのことだ、みんなに言わないが、きっと誰かを助けようとしている」

大原源内も、大きくうなずいた。

「それがしも、忠憲さんを信じています。吉原に乗り込んだのも、きっとただの女遊びではない」

勝俣武之進が苦々しく言った。

「忠憲さんを信じているなら、なんで、忠憲さんが破門されて道場を出て行く時、大塚順之介のように、忠憲さんに付いて行かなかったんだ？」

「…………」

勝俣武之進以外の少年たちは、みな黙って顔を伏せた。

元之輔は笑みを浮かべながらいった。

「おぬしたちの考えは分かった。忠憲が講を開く契機になった松平蔵之介は、関根道場の門弟なのか？」

勝俣武之進が頭を左右に振った。

「いや。違います。関根道場とは何の関係もありません。松平蔵之介は大旗本の倅で、同格の大旗本の息子たちを束ねて、泰平講（たいへいこう）という名の講を開き、大金を回しているんです。泰平講の下に、いくつもの講が作られ、大勢の旗本御家人の子弟が、泰平講で繋がっているんです」

鳥居達蔵が付け加えるように言った。

「その巨大な泰平講に、忠憲さんは小さな講だが、結束の強い講を作り、泰平講で借金漬けになっていたそれがしたちを救い出してくれたんです。だから、恩義がある」

「恩義はあるが、やはり主宰者の違う講であることに変わりはない」

「だが、傲慢で威張りくさっている大旗本よりも、忠憲さんの方がいい」

林菊三郎が言った。大原源内が声をひそめた。

「だが、聞くところによると、松平蔵之介は、忠憲さんが講の成員を抜け出させたのを知って、かんかんに怒っているそうだ。配下の旗本たちに忠憲さんを見付け次第、二度と邪魔出来ないように、しばけと気炎を上げているそうだ。泰平講の邪魔者は許さないと息巻いている」

元之輔は勝俣武之進たちに礼を言った。

「ありがとう。おぬしたちの話を聞いて、おおよそ、忠憲の講をめぐる事情は分かった。感謝いたす」

田島結之介も頭を下げた。

勝俣武之進が、みんなを代表して言った。

「桑原先生、忠憲さんについて、それがしたちも心配しています。松平蔵之介たちが狙っています。助けてやってください。それがしたちも、忠憲さんを助けるためなら、なんでもやります。言い付けてください。お願いいたします」

鳥居達蔵たちは、勝俣と一緒に元之輔と田島結之介に頭を下げた。

その日の夕方、田島結之介の呼び出しを受けた中間の勘助が、隠居屋敷に姿を現わした。

田島結之介がこれまで分かった忠憲のことを勘助に話し、吉原の知り合いにあたって、調べるように命じた。そして、結之介は勘助に金子を渡した。

「御隠居様、若党様、お任せください」

勘助は腰を低くして、何度も元之輔と結之介に頭を下げ、外の闇に消えた。

「勘助、うまくやってくれればいいが」

元之輔は腕組みをした。結之介が笑顔でうなずいた。

「御隠居、心配ご無用です。勘助は遊び人だったので、私たちよりも、よほど吉原や岡場所に詳しいんです。知己や仲間も多い。すぐに調べて来てくれますよ」

五

翌朝、田島結之介は、御家人の大塚順之介について調べると言って出掛けて行った。

元之輔も気になる松平蔵之介のことを調べるために、昔からの知己である久慈左衛門を訪ねた。久慈左衛門は、元之輔同様に隠居の身だが、かつては目付として旗本や御家人を取り締まり、睨みを利かせていた。

いまは、息子の屋敷の離れを隠居部屋として、悠悠自適の生活をしていた。

玄関先に現われた久慈左衛門は、元之輔の突然の訪問に驚いた。

「おう、江戸家老の桑原元之輔ではないか。突然に、どういう風の吹き回しで訪ねて参ったのだ?」

「もう江戸家老は辞めた。おぬしと、同じ隠居だ」

「おう、そうだったな。まあ、上がれ。何もないが、冷えた麦茶ぐらいはある」

久慈左衛門は二千石取りの直参旗本だった。いまは家督を息子の仁左衛門に継がせている。仁左衛門は、やはり目付となって、旗本や御家人に睨みを利かせていた。

元之輔は、御上が在所に帰っている時、城中で何度か目付の久慈左衛門と面会し、その後、碁友達となった。毎月、一度以上は久慈と会い、碁を打ちながら、世間話をし、城内外の様子の意見を交換した。

久慈の話から、元之輔は幕閣の動向を知ることが出来たし、久慈は元之輔から江戸にいる地方藩の動向を探ることが出来た。そうやって、お互い、助け合った仲だ。

久慈は離れに入る前に台所に大声でいった。

「おーい、奥。桑原殿が参ったぞ。冷えた麦茶を頼む」

「はーい」

奥方の声が返った。昔のままだ、と元之輔は気持ちが綻んだ。

離れの隠居部屋に入ると、久慈はさっそく床の間から碁盤を運んで来て、縁側に置いた。

「久しぶりに、一局、どうだ？」

「うむ。このところ、碁はご無沙汰していた。腕は落ちた」

「謙遜するな、元之輔。そう言って、また勝つつもりだろう。そうはいかん」

久慈は碁盤の前にどっかと胡坐をかき、黒石を握った。元之輔も、碁盤の前に座り、白石を握った。

「いらっしゃいませ」

奥方が盆に麦茶の茶碗を載せて部屋に入って来た。元之輔は座り直し、奥方に挨拶した。

「お久しぶりでござる」

「桑原様、お久しぶりにございます。お元気そうでなによりです」

奥方はにこやかに笑った。久慈は黒石を置きながら言った。

「おい、奥、邪魔するな。元之輔、おぬしの番だぞ」

「はいはい。では、桑原様、ごゆっくり。後ほど、西瓜でもお持ちします」

「どうぞ、お構いなく。散歩がてら立ち寄っただけですので」

奥方は「はいはい」と笑いながら、廊下に去って行った。

久慈は早打ちだった。ほとんど考える間もなく、次々に石を打って来る。元之輔は、対照的に一目一目考えながら打つ。今日も、早くも碁盤の半分を石が占めるようになってから、久慈が碁盤を睨みながらいった。

「……元之輔、本日は、何の用事だ。ただ碁を打ちに参ったのではあるまいて」

形勢は、例によって元之輔が優勢だった。

「実はな。大旗本の松平蔵之介について、ちと気になる話があったのでな。おぬしに相談に参ったのだ」

「わしは、もう現役ではないから、役に立たぬかも知れんぞ」

久慈は黒石をぴしりと打ちながら、悪手だと気付いたらしく顔をしかめた。

元之輔は黒石の急所に白石を置いた。

「松平蔵之介がやっている泰平講についてだ。目付は取り締まらぬのか？」

「……まだやっているのか。わしが目付をしていた時、何度も警告したのだ。綱紀粛正のため、講はやってはならぬと命じておったのだが」

久慈は腕組みをし、盤面を睨みながら唸った。

「松平蔵之介とは、どんな男なのだ？」

「若年寄をしている松平謹之介の倅だ」

「そういうことか。目付は若年寄支配ではないか」

「そうだ。だから、松平謹之介の馬鹿息子蔵之介は、目付の警告を無視して、内緒で講を続けている」

「親父の松平謹之介は、息子の愚行を存じておるのか?」

「おそらく知っておる。知っていて、知らぬ顔をしている。だから、目付のわしは何度となく、若年寄の松平謹之介殿に、倅が主宰する講をやめさせるように申し上げた」

「結果は?」

「その都度、松平蔵之介は講を解消した。だが、しばらくすると、名前を変えて、新しい講を再開する。警告と解散がいたちごっこになっている」

「では、泰平講というのは、名前を変えただけの講か」

「そうだ。わしが警告した時は、極楽講(ごくらくこう)だった」

「極楽講か。しかし、どうして、親父の松平謹之介は、息子が講をやるのをやめさせないのだ?」

「……決まっている。息子の講から、莫大な金が懐に入って来るからだ」

「どうして、そんな若年寄がいるのを、ほかの幕閣は問題にしないのだ?」

「おそらく、老中など幕閣にも鼻薬(はなぐすり)が回っておるのだろう」

「大目付様も不正を見ながら、何も言わずに黙っているのか?」

「ははは。幕閣も馬鹿ばかりではない。若年寄松平謹之介には、いずれ、厳しい沙汰が出るだろうと思う。いまの新しい大目付様は、正義感の強い御方だそうだ。目付である息子の訴えにも耳を傾けている。いずれ、遅かれ早かれ、なんらかの形で、若年寄の座から松平謹之介を引き摺り下ろすだろう」

「そうか。それを聞いて安心した」

久慈は盤面を見ながら、唸った。

「……参った。元之輔、負けた。もう一勝負しよう」

久慈はそう言うなり、さっさと黒石を片付けはじめた。

「元之輔、余計なことに気を逸らされたから、負けた。今度は、そういうことはなしでやろう」

廊下に足音がした。奥方が西瓜を盆に載せて運んで来た。

「お待ちどおさま、西瓜をご用意しました。頭休めに召し上がれ」

「うむ。奥、ちょうどいい時に差し入れてくれた。これで、気分を切り替えることが出来る」

「あら、またお負けになったのですね」

奥方は着物の袖を口元にあてて笑った。

元之輔は睦まじい久慈夫婦の様子に心が和むのだった。

六

元之輔が深川の隠居屋敷に戻ったのは、その日の夜だった。久慈左衛門に引き止められ、何番も碁を付き合わされ、夕食まで馳走になってしまった。

「お帰りなさいませ」

居間には御女中彩織と口入れ屋扇屋伝兵衛の姿があった。若党の田島結之介が二人の相手をしていた。

「だいぶお待たせしたようだな」

元之輔は居間に上がりながら、彩織に謝った。

「いえ、御隠居様、突然にお訪ねしましたので、私こそ謝らねばなりません」

彩織は元之輔に頭を下げた。扇屋伝兵衛も一緒に頭を下げていた。

「ありがとうございます。本日、お願いしていた若様が屋敷にお戻りになったので、そのご報告に上がったのでございます」

「おう。さようか。それはよかった。では、わしは御用済みということでござるな。よかった。忠憲様が大人しく吉原を出て戻ったのはなにより。お預かりした金子は、そのままお返ししよう。田島」

元之輔は田島を見た。田島はうなずいた。

すかさず彩織が言った。

「はい。そのことで、お話がありまして」

扇屋伝兵衛が彩織の言葉を継いだ。

「御隠居、引き続き、彩織様のお仕事をお引き受けくださいませんか」

元之輔は訝（いぶか）った。

「若様が吉原から戻ったなら、わしが依頼された連れ戻しの仕事は終わったのではないか？」

「はい。さようでございますが、今度は御隠居用心棒のお仕事になります」

扇屋伝兵衛は笑いながらうなずいた。

「誰の用心棒になれというのだ？」

「若様の用心棒でございます」

彩織が伝兵衛に代わっていった。伝兵衛が付け加えた。

「忠憲君（ぎみ）の用心棒をお願い出来ませんか？」

元之輔は田島結之介と顔を見合わせた。

田島が元之輔に代わって言った。

「御隠居様が、年若い忠憲様に終始付き添って、身辺を護衛するのは無理でござる。そうした護衛は、若狭小松藩の小姓組か納戸組の任務でござろう」

「……それはそうなのですが」

彩織は扇屋伝兵衛の顔を見た。伝兵衛が彩織に代わって言った。

「そう出来ない事情があるのです」

「その事情を聞かせてくれぬか」

元之輔が訊いた。彩織は顔を伏せた。

「……正室の静香様、側室の麻紀様のご意向もあって、若様のお立場が極めて悪いのです。御上も、奥のご意向を無視して、若様だけを御寵愛出来ないのでございます」

「奥方たちのご意向か」

元之輔は腕組みをした。

羽前長坂藩でも似たようなことはあった。前藩主忠正のお世継をめぐって、奥方様の意向は側室が産んだ次男の忠住に冷たかった。だが、藩主忠正は忠住の聡明さ、徳目を高く評価し、奥の意向を受けた要路たちの反対を押し切り、後継者にした。

元之輔は、その時、忠正から忠住の相談役、御傍役を命じられた。元之輔は忠正の意向を受けて、忠住のお世継に抵抗する要路たちを一人ずつ説得して切り崩し、無事に忠住をお世継にした。その功績もあって、忠住の絶大なる信頼を得て、江戸家老にまで引き上げられた。

忠憲は、側女が産んだ第五子ということもあり、酒井家の奥や要路たちの支持を受けていないのだろう。

藩主のお世継をめぐっては、よくある揉め事だ。お世継出来る世子が、父親の藩主が愛する息子とは限らない。奥や要路たちの思惑が絡んだ末のお世継になることも多々ある。

忠憲の場合、なにより、まず素行の悪さが、藩要路たちの心証を悪くしているのではないか。

元之輔はため息をついた。

「彩織殿、藩内には忠憲君を支持する方々はおられないのか？」

「……御上の御寵愛もあったので、以前には、若様を支持なさる方々がおりました。ですが、いまは若様を支持なさる人はほとんどおりません」

「だろうな。わしから見ても、忠憲君は問題があり過ぎる。とても世継には勧められない」

「御隠居様、御上も若様をお世継にとは思っておられませぬ。ですが、お母様を亡くされた若様の行く末を、御上は心配なさっておられるのです。だから、なんとか若様の粗暴で無思慮な行いをやめさせ、元の聡明闊達な若様に戻らせたいと願っておられるのです」

「……親の心、子知らずだのう」

「私は若様のお付きの者として、御上から特別な指示を受けております。なんとか、若様を立ち直らせよ、と。御隠居様、なんとか、お力をお借り出来ませんでしょうか。若様を立ち直らせることなど、女の私の手に余ります」

彩織は高島田を深々と元之輔の前に垂れた。

扇屋伝兵衛も彩織に合わせて頭を下げた。

「御隠居、私からも、お願いいたします。どうか、彩織様をお助けください」

元之輔は腕組みをしたまま、考え込んだ。

田島結之介が元之輔の代わりに言った。

「ということは、御隠居が忠憲様の用心棒をするということではなく、煎じ詰めれば、忠憲様を立ち直らせる指南役をしてほしい、ということでござるか」

「はい。さようでございます」

彩織ははっと顔を上げ、はっきりと答えた。

大きな黒い瞳が、じっと元之輔を見つめていた。

「若様には、いま、忠告したり、叱咤激励する人がおりません。また若様には尊敬する師がおりません。御隠居様に、ぜひ、若様を正道に導く人生の師になっていただきたいのです」

元之輔は胸の腕を解いた。

「それは無理だ。わしは、ただの年寄りだ。いろいろ馬鹿なことや失敗ばかりしてきた、どこにでもいる普通の男だ。わしには人に教えるものはない。わしは人生の指南役には、もっとも不向きな男だ」

彩織は咲いた花が萎むように、みるみるうちにうな垂れた。伝兵衛が見かねた様子で、彩織に言った。

「彩織殿、では、あのことを申されては、いかがですかな」

「あのこと？」

彩織は顔を上げた。伝兵衛はうなずいた。

「はい。忠憲様の命が狙われていることをお話しなさっては」

「あ、そうでした。御隠居様、実は若様は命を狙われているのです。そのことを、まず先に申し上げておかねばなりませんでした」

元之輔は、田島結之介と顔を見合わせた。

忠憲の指南役の話がだめだと分かって、伝兵衛が、とって付けたような危険な話に切り替えたのではないか。結之介は信じられない、という顔をした。元之輔も、伝兵衛や彩織の作意を思った。

元之輔は、指南役を断ったということもあり、話だけでも聞くことにした。

「いったい誰に、忠憲君は命を狙われているのですかな？」

彩織は高島田を傾けた。

「それは、正直申し上げて分かりません。なぜ、若様が命を狙われるのかも分かりません。分かれば、御上もなんらかの手が打てるのですが」

御上にも報告してある？ということは、万更嘘でもない？

田島が半信半疑の面持ちで訊いた。

「なぜ、狙われていると分かったのですか？」

「実際に、若様は二度ばかり、危ない目にお遭いになったのです。一度は若様が馬を駆けておられた時、待ち伏せされ、矢を射られた」

「どこでです？」

「日光街道を駆けていた時のことです。突然に杉並木から黒装束の侍たちが飛び出して来て、行く手を阻んだ。その時、杉の木立の陰から、若様に矢を射る者がいた。若様に付いていた馬廻り組の者が、若様の盾になり、矢を禦いで事なきを得た。若様は馬の首を回して、急いで逃げ帰った」

田島が訊いた。

「盾になった馬廻り組の者は、大丈夫だったのですか？」

「胸を射られて落馬し、亡くなられました。後で分かったのですが、矢には毒が塗られていたそうでした」

田島は元之輔と顔を見合わせた。

「それは、いつのことです？」

「去年の秋のことでした」

元之輔は頭を振った。

「日光街道は、代々の徳川将軍を祭った東照宮への重要な参道。そんな不祥事があったら、天下の大事……」

元之輔は言い掛けて言葉を呑んだ。

昨秋と言えば、まだ江戸家老だった。確か人伝に、日光街道で不届きを働いた盗賊が出たという話を聞いたことがあった。

日光へお参りに行こうとした一行が盗賊に襲われ、一人が命を落とした。そのため、幕府は直ちに討伐隊を送ったが、盗賊を捕らえることは出来なかった。そのため、街道奉行は責任を取らされ、辞任に追い込まれた。

そうか。被害者については、某藩の一行としか知らされていなかったが、まさか酒井家の忠憲の一行だったとは、知らなかった。

元之輔はあらためて彩織に尋ねた。

「もう一件とは?」

「はい。今年の四月のことでした。若様が、亡くなられたお母様の墓参りをなさった時のことです。その時、私と御女中頭のお孝(たか)様の二人が若様に御供していたのですが、菩提寺(ぼだいじ)の墓参りをしている最中に覆面をした侍十人ほどが現われたのです」

「ほほう。それで」

「頭らしい侍が、若様に向かって、酒井家の忠憲か、と尋ねたのです。私は咄嗟(とっさ)に懐剣(かいけん)の紐を解き、若様の前に立って違います、と叫んだのです。もし、そうだ、と答えていたら、若様は襲われると思ったのです。それほど、侍たちは殺気立っていました」

「侍たちは、どういたした？」

「頭らしい侍は、若様の顔を睨み、おぬし、忠憲であろう、と威嚇したのです。若様は、平然としておられ、もし、そうだったら、いかがいたす、とお答えになった。そうしたら、侍たちは一斉に刀に手をかけた。私もお孝様も、懐剣を抜き、若様の前に立ったのです」

元之輔は、彩織が顔をキッとさせ、懐剣を胸元に構える姿を想像した。

「その時です。大勢の声が墓地の入り口に起こり、どこかの藩の侍たちが姿を見せたのです。すると、頭は部下たちに、引けと命じました。覆面の侍たちは、一斉に入り口とは反対の方角に足早に引き揚げて行ったのです」

「忠憲君は、いかがいたした？」

「若様は、その時、脇差しの柄に手をかけ、鯉口を切っておられました」

「さようか。それは、頼もしい。危地にあっても、平然としているのは、並みの侍には出来ぬことだ」

元之輔は忠憲を少し見直す気になった。

「その時、覆面をした頭の侍は言ったのです。忠憲、このまま無事に済むと思うなよ、と」

「彩織殿、その頭の声、聞き覚えのある声だったか?」

「いえ。初めて聞く声でした。あの脅し文句の声は二度と忘れません」

「では、その後、その頭の男の声は聞いていないのだな?」

「はい。聞けば、すぐに思い出します」

「そのことは、御上に報告したのか?」

「もちろんです。御上も、たいへん心配され、私に若様をお守りする手立てを考えよと申されたのです。でも、その後、若様は、手がつけられなくなって……」

彩織は哀しげな目になった。

「そうか。そのふたつの事件は、忠憲君がいまのように荒れる前のことだな」

「そうなのです。以前の若様だったら、小姓組や納戸組、馬廻り組の者たちが、喜んで護衛に付いたでしょうが」

「忠憲君は、護衛の者を付けたい、と申しておるのか」

「いえいえ。その逆です。私どもが護衛の供侍を付けようとすると、激怒なさり、出奔なさる。ですから、護衛の者も、誰も若様を守ろうとしない」

「では、わしを用心棒としようとしても、忠憲君は受け入れぬのでは?」

「……そうなのです。それで、困っているのです」

彩織は困惑した顔でうなずいた。

「それでは、わしも忠憲君の用心棒にはなれぬな」

元之輔は田島と顔を見合わせた。田島も仕方なさそうにうなずいた。

扇屋伝兵衛が狸顔を崩して、膝を乗り出した。

「そこで、御隠居、私に妙案が浮かんだのでございます」

「妙案だと？」

元之輔は伝兵衛の狸顔を見た。

「若様が用心棒を嫌がっても、御隠居が用心棒として、若様の近くに居て、いざという時に駆け付ける」

「扇屋伝兵衛、おぬし、前に申しておったな。御隠居用心棒は、座っているだけでいい、と」

「はいはい。その通りです。いざという時に、駆け付けずとも、その前に相手を恐れさせる、それが御隠居用心棒の心得でございます、と申し上げました。それを、今回もしてほしいのでございます」

「それで、妙案とは、何ですの？」

彩織は伝兵衛を向いた。

「妙案というのは、この際、御隠居に、彩織殿の用心棒になっていただくのはいかがかと」

「なに、彩織殿の用心棒になる？」

元之輔は田島と顔を見合わせた。

伝兵衛は揉み手をした。

「そうなのです。彩織殿は、若様付きの御女中。若様がお屋敷に居られる折は、彩織殿は常時、若様の近くに居られることになる。もし、彩織殿の用心棒であれば、常時、若様の身辺に警戒の目を走らせることが出来ましょう」

「…………」みんなは黙った。

「それだけでなく、御隠居が、彩織殿の用心棒として若様の近くに居られるだけで、若様の命を狙う輩は警戒する。滅多なことでは手を出せないことでしょう」

彩織は、やや迷惑顔をした。

「私に用心棒ですか？　それも、二六時中、私に付きまとう……」

元之輔は笑った。

「伝兵衛、それはそうだよ。若い娘である彩織殿にとって、えらい迷惑なことだ。いつも、わしのような年寄りが付きまとっておっては、好きな男と逢引きも出来んだろうが」

「まあ」

彩織は顔を赤くし、下を向いた。

伝兵衛は笑った。

「彩織殿の用心棒になるのは、屋敷への出入りが自由に出来るとか、なにより若様の近くにいるための方便です。御隠居が、本当に彩織殿に付きまとうわけではございません」

「それはそうだ。わしも嫌だ。世間から、若い女に付きまとう怪しい年寄りと思われるのも……」

突然、彩織が座り直した。

「御隠居様、ぜひとも、私の用心棒になってください。お願いします」

「え……？」

元之輔は思わぬ成り行きに驚いた。扇屋伝兵衛が満面に笑みを浮かべた。

「御隠居、彩織殿は私の妙案を受け入れ、決心なさりましたぞ」

「御隠居、本当にやるのですか？　彩織殿の用心棒を」

「うむ。まあ……どうしたものか」

元之輔は瓢箪から駒が出た思いで彩織を見た。

「御隠居様、ぜひとも、私の用心棒になってください。そして、若様をお守りくださ
い。お願いいたします」

彩織の高島田が元之輔の前に垂れた。

元之輔は、どぎまぎした。

「……分かった。彩織殿、用心棒をお引き受けいたそう」

「ありがとうございます。お引き受けいただき、本当に嬉しゅうございます」

「ただし、わしの我儘が一つある。それを聞いてくれるか」

「はい。何でございましょう?」

彩織は大きな瞳を見開いて、元之輔を見つめた。

「わしを、おぬしの伯父ということにしてくれぬか。伯父であれば、何かと言い訳が
利く。おぬしに近寄る男も、わしが伯父となれば、安心もしよう」

「はい。分かりました。伯父様」

彩織はにっこりと笑った。

元之輔は、若い娘の彩織と、どんな暮らしが始まるのか、と思うと、半分楽しみだ
ったが、残り半分は、気が重かった。何か、悪い予感もする。

「よかった。御隠居、後は用心棒代金の契約でございますが、彩織殿、田島様と私めにお任せいただきます」

扇屋伝兵衛は狸顔をますます丸くし、揉み手をしながら嬉しそうに笑った。

七

彩織と扇屋伝兵衛が、駕籠で帰ったのは、だいぶ夜が更けたころだった。

元之輔が、ほっとする間もなく、庭先の夜陰に勘助が現われた。どこかで、伝兵衛と彩織が帰るのを待っていた様子だった。

勘助は元之輔と田島結之介に頭を下げて挨拶した。勘助は元之輔の前に正座した。

元之輔は勘助に膝を崩すように言った。

「勘助、ご苦労様だったな。だいぶ、待たせたかな」

「いえ。話が弾んでいるようなので、近くの飲み屋に戻って酒を飲んでいやした」

「で、吉原で何か分かったかい」

「へい。お目当ての若様と連れは、本日、廓の首代たちに廓から叩き出されました」

「ほう。そうか。若様の連れというのは？」

「道場仲間の大塚順之介という御家人の倅でやした」

「二人が叩き出されたわけは何だ？」

「三日三晩の飲食代と花代が払えないってんです。外の仲間が持って来るはずの金が届かないってんで、堪忍袋の緒が切れた首代たちに締め上げられ、簀巻にされ、大川送りになるってんで、これはやばいと、あっしが首代に申し出て代金の一部を払い、勘弁してもらったんでやす」

「忠憲と順之介は、おぬしが立て替え払いしたのを知っているのか？」

「もちろん。知ってやす。目の前で払いましたんで」

「二人の様子は？」

「若様は、それでも太太しく、威張っていやした。いくら首代や若い者に殴られても、平気な面をしてた。根性がある若侍でやした。もう一人は、泣いて謝ってましたから、首代たちも手加減し、あまり殴らなかった」

「二人とも、少しは懲りたかな」

元之輔は顎を撫でた。

「順之介って野郎は懲りたでしょう。だが、若様は懲りてないと思いやしたね。殴られてもせせら笑いをしてましたから。逆に殴っている若い者が、若様に覚えていろよ、次に会ったら、ただじゃあおかんぞ、と言われて、少々怖気（おじけ）づいてやしたから」

　元之輔は田島結之介と顔を見合わて笑った。

「忠憲たちは、吉原の常連だったのか？」

「いや。二人は初見ではないが、常連ではなかった」

「ほかに連れはいなかったのか？」

「二人を吉原に連れて行ったのは、旗本大身の若旦那だったそうです」

「名前は？」

「松平何某（なにがし）で、七、八人の子分を引き連れて、吉原に乗り込んで来た。そのうちの二人、若様と順之介が居残りしたんで」

「松平何某というのは、おそらく松平蔵之介だな。講で手に入れた大金を持っているはずだ」

　田島結之介は怪訝な顔をした。

「どうして、忠憲様は、敵対している松平蔵之介なんかと吉原に出掛けたんですかね。その上、金もないのに、居残りをするなんて、正気じゃない」

「二人は、首代たちには、必ず外の仲間が金を持って来るといっていたそうですぜ」

　田島結之介は元之輔に向いた。

「仲間に裏切られたのか、それとも、仲間が金を作れなかったか。どっちにしろ、二人は危なかったですな」

「うむ。勘助、ほかに二人について、何か聞き込んだことはないか？」

「二人は、どうも人探しをしていたみたいですぜ」

「人探し？」

「なんでも、人買いに連れて来られた娘について尋ねていたそうですから」

「娘の名前は？」

「分かりません。廓の女中に二人のことを聞き込んだら、そういう話が出てきたんで。その女中は聞かれた名前を思い出せず、うろ覚えで、お篠（しの）とかいっていたように思うと」

「お篠か」

元之輔はどこかで聞いたような名前だな、と思った。田島結之介がいった。

「お疲れさんだった。とりあえず、若様は屋敷に戻ったので、この件は落着（らくちゃく）だ」

「この後、どうしましょう？」

「引き続き、調べてもらいたい。忠憲と一緒だった大塚順之介について調べてくれ」

「何を調べるんで？」

「行状、家柄、友人関係、金銭、すべてだ」

「分かりやした」

元之輔は田島結之介に目配せした。

「吉原で、忠憲たちを助けるために、有り金全部を叩いたのだろう？　田島、金子を渡してやってくれ」

「はい。分かりました」

田島は財布を取り出し、小判五枚を出して、勘助に渡した。

「こんなに頂いちゃあ」

「いや。忠憲たちを助けてくれた礼でもある。ありがとう。忠憲に代わって礼をいう」

元之輔は勘助に頭を下げた。

「滅相もねえ。御隠居様に、そんな真似させては申し訳ない」

勘助は後退りし、元之輔と田島に頭を下げた。

第二章　喧嘩祭り

一

翌朝早く元之輔は迎えに来た彩織と一緒に竪川端の船着場から屋根船に乗り込んだ。

若狭小松藩の下屋敷は、神田川に架かる浅草橋の近くにある。徒歩で両国橋を渡り、浅草御門に出て、浅草橋を渡っても屋敷へ行くことが出来る。

だが、本日から明日、明後日の三日三晩、三年に一度の深川富岡八幡宮の祭りが行なわれる。

今日は神輿への御霊入れの儀があり、深川町内には、早くも朝から賑やかな御囃子とともに、中小の神輿や山車が練り歩いていた。だが、本日は祭りの序の口、明日は神幸祭、明後日は深川本祭りを迎える。

　そのため、富岡八幡宮を中心に深川界隈、大川を挟んで対岸の両国広小路(ひろこうじ)や浅草御門界隈まで、祭りの見物客たちで、朝早くから混雑していた。その混雑を避けるには船が楽だった。

「若様は、昨日、吉原からお帰りになられた時、相当にお疲れだったご様子でしたが、そんなことがあったのですか……いい気味でしたこと」

　彩織は袖で口元を隠しながら、ふふふと笑った。元之輔は正直な彩織に好感を持った。

「若君の怪我の具合はいかがかな？　廓でだいぶ手荒に扱われたから、おそらく、全身、痣(あざ)だらけになっていたはずだが」

「御典医(ごてんい)が風呂場に呼ばれていたのは、そのためでしたか。でも、大丈夫なようです。御殿医は何も言っていませんでしたから」

　障子戸を開けた窓から川面(かわも)を渡る涼しい風が吹き抜ける。元之輔は窓から見える広小路の賑わいに目を細めた。

　広小路には芝居小屋や見せ物小屋が建ち並び、飴屋や土産店、水菓子屋などの露店も店開きをしている。朝まだ早いのに、祭り見物の老若男女が押し寄せていた。

　今日は深川祭りの日なので、江戸中から祭り見物の客が、両国橋を渡って深川に押し寄せる。そのため深川だけでなく、両国広小路も浅草界隈も大賑わいなのだ。

深川の富岡八幡宮の祭礼では、各町から神輿が繰り出され、町の男衆がこぞって神輿を担ぎ、深川各町を練り歩く。町の各所で神輿を担ぐ男衆同士が押し合い、圧し合いし、祭りは最高潮に達する。町を威勢よく練り歩く神輿担ぎに、周囲から暑さ避けの水を掛けるので、深川祭りは水掛け祭りとも称されている。

屋根船は神田川に入り、浅草御門の下の船着場に横付けされた。元之輔は、先に栈橋に上がった。遅れて彩織が船頭の手を借りながら、栈橋に上がった。元之輔が手を伸ばして迎えようとした。

「大丈夫です」

彩織はひまわりのような笑顔になった。彩織の白粉の薫りが元之輔の鼻孔をくすぐった。元之輔は歳がいもなく、胸がときめいた。

「参りましょう」

彩織は船着場の石段を緩やかに登った。元之輔は、彩織の後について登った。

通りに上がると、朝の陽射しの中で、対岸の柳並木が風にそよぐのが見えた。神田川を行き交う舟がいつになく多い。

若狭小松藩酒井家の下屋敷の武家門は門扉がぴたりと閉じられていた。

彩織は通用門の戸を叩いた。見張り所の小窓が開き、すぐに閉じた。やがて通用門の戸が開き、杖を手にした門番が顔を見せて、彩織を迎えた。

「さあ、伯父様、どうぞ」

彩織は笑顔で元之輔を邸内へ入るよう促した。元之輔は「うむ」と威儀を正し、腰を屈(かが)めて、通用口を潜った。門番たちは元之輔に頭を下げた。


元之輔は客間に通された。小さな庭が見える六畳の部屋で、彩織たち御女中が住む奥と廊下で繋がっていた。元之輔は彩織の伯父の御隠居ということで、下屋敷では特別の計らいで客間が用意されたようだった。

元之輔は、紹介された御女中たちや供侍たちの彩織に対する、敬意を込めた丁寧な言葉遣いから、彩織がただの腰元ではないと悟った。彩織は、どうやら藩主酒井忠康(ただやす)から直接の命を受け、なんらかの権限を与えられて、第五子の忠憲付きの腰元として派遣されているらしかった。

茶坊主が運んで来た冷たい麦茶を啜るうちに、涼しげな絣(かすり)の小袖に着替えた彩織が部屋に現われた。彩織は御女中を一人従えていた。彩織は硬い口調で告げた。

「伯父様、さっそくですが、若様にお目見得していただきます」

「うむ」

元之輔は大刀を手に立とうとした。

「御隠居の伯父様でも、若様にお目にかかる際は、お腰の物をお預かりする決まりになっております」

「そうか」

元之輔は腰の大刀と小刀を、彩織に付いていた腰元に手渡した。腰元は大小を受け取り、床の間の刀掛けに掛けた。

「では、こちらへ、どうぞ」

彩織は他人行儀に言い、廊下を先に立って歩いた。元之輔は邸内の様子を窺いながら、彩織の後について進んだ。

廊下の角を右に曲がると、廊下の右手が庭園になり、左手が大広間になった。その先の座敷が、忠憲が居る部屋だった。

彩織は部屋の前の廊下に座って、挨拶の言葉をかけた。元之輔は彩織の後ろに座った。

「若様、ご機嫌はいかがでございますか」

「うるさい。機嫌が悪いに決まっておろう」

忠憲の怒声が聞こえた。彩織は無視して言った。

「私の伯父が、若様にご挨拶に参りました」

「おぬしの伯父が参っただと。俺は機嫌が悪い。こんな時に来るな。後にせい」

忠憲の不機嫌そうな声が部屋から響いた。

あの声、聞き覚えがある。元之輔は関根道場の少年剣士たちの中で、一番元気な声で受け答えしていた少年を思い出した。少年といっても、十七歳ともなれば、若侍である。

「伯父様、のちほどにとのことですが……」

彩織は振り向き、悲しそうに頭を振った。

元之輔は構わず彩織の脇を抜けて膝行(しっこう)し、部屋の前で頭を下げた。

「忠憲様、御免」

元之輔は顔を上げ、座敷の中を覗いた。

座敷の床に寝床の布団が敷いてあった。寝床に浴衣(ゆかた)姿の若い男が胡坐をかいていた。

「御尊顔を一目拝見仕りたく」

「な、なんだ、無礼な。断りもなく、人の寝所に入って参るとは」

忠憲は元之輔を見て、ぎくりとした。

「く、桑原先生ではございませぬか。彩織の伯父とは、桑原先生でしたか」

「さよう。彩織は至らぬ娘だが、わしからもよろしゅう頼む」

元之輔は言いながら、忠憲を見た。やはり、道場で剣の手ほどきをしたことがある若者だった。何度か打ち込み稽古の相手をしたが、鋭い竹刀さばきを見て、剣の筋がいい、と思った若者だ。

忠憲の顔は殴られた痕も痛々しく、頬は腫れ上がり、右目の周りは青黒い輪が出来ていた。忠憲は濡れ手拭いを右目にあてていた。

「おお、ひどくやられておるな」

元之輔は頭を振った。忠憲は強がった。

「なんの、これぐらい平気でござる」

「医者に診てもらったのか」

忠憲は吐き捨てた。

「……くそ藪医者の言うことなんか聞けるか」

「若様は御典医が傷痕を診ようとしたんですが、帰れ、このくらいは自分で治すと、追い返してしまったんです」

彩織が忠憲の代わりに言った。元之輔は苦笑いした。

「忠憲、おぬし仕方のない男だな。医者の手当ても受けないで。打ち身によく効くのはさくら肉だ。さくら肉を患部に押し当てているといい。熱も下がり、痛みも少なくなる」

「さくら肉でござるか？」

忠憲は訝った。さくら肉を知らぬ様子だった。

「さくら肉、馬肉だ。それも、血が滴(したた)るような生肉がいい。それを患部にあてていると、傷が治り、痛みも和らぐ」

忠憲は彩織を見た。彩織はうなずいた。

「分かりました。すぐに御台所方に、さくら肉を求めさせます」

「いまはじっとして動かず、安静にしていることだ。冷たい濡れ手拭いや氷嚢(ひょうのう)で患部を冷やす」

「はい。ただいま手配いたします」

彩織は素早く立ち上がり、台所へ急ぎ足で歩き去った。

「吉原に遊びに行ったそうだな」

「…………」

忠憲は不貞腐れて、そっぽを向いた。

「金もないのに、なぜ、吉原なんかに行ったのだ」

「余計なお世話だ。俺がどこでどう遊ぼうが、先生に関わりないだろう。たとえ、先生だろうと、親でもないのに、俺のすることに口出しするな」

「口出しはしない」

元之輔はうなずいた。

「だが、親や周りの者に、あまり迷惑をかけるな。一人前の武士として情けないぞ」

「…………」

忠憲は濡れ手拭いを目にあてたまま、顔を背けた。

「まして、金もないのに吉原に行った末、廓の首代たちに捕まり、連れの男と二人一緒に、簀巻にされ、危うく大川に放り込まれるところだった。たまたま見かねた客が金を払ったので、なんとか命は助かった。武士として恥ずかしくないか」

忠憲は手拭いを当てていない方の目で、元之輔を睨んだ。

「どうして、そんなことを知っている?」

元之輔は穏やかに笑った。

「こう見えても、わしは地獄耳でござる。いま吉原では、おぬしたち二人が首代たちにしばかれ、吉原から叩き出されたという話で持ちきりだ。金もないのに吉原に遊びに行き、最後に金がないと開き直ると、どういう目に遭うか、といういい見本だと」

　元之輔は忠憲を懲らしめるクスリだと、心を鬼にした。

　忠憲は悔しそうに唇を噛んだが、言い逃れも反論もしなかった。

「これに懲りたら、もう二度と吉原へ行かぬことだな。吉原に限らず、岡場所で遊ぶのは、もっと大人の男になってからにしろ」

「……先生は、本当に彩織の伯父なのか？」

「そうだ。わしの弟の娘でござる」

「彩織と顔立ちが似ておらぬが」

「姪の彩織が、年寄りのわしの顔に似ていたら可哀相でござろう。わしと彩織の父は腹違い。だから、似ていないのでござろう」

　忠憲は訝しげに元之輔を見た。

「藩の上、中、下のいずれの屋敷でも、これまで、一度も先生を見たことがなかった」

　元之輔は、忠憲の疑念を晴らすため、さらに嘘をついた。

「わしは長年在所に勤めておった。だから、若君にお目にかかることもなかった。ようやく、その在所の勤めから引退し、いまは、隠居となり申した」

「隠居か……」

「そう。隠居でござる。関根道場で若君に稽古を指導したことはあったが、先生と呼ばれるのは面映(おもは)ゆい。以後、隠居と呼ばれるがよろしかろう」

「どうして、御隠居は江戸に……」

「ははは。隠居は暇でのう。何をすることもない。在所に燻(くすぶ)っておっても退屈至極でござってな。御上のお許しを得て、江戸へ上がったのでござる。しばらくは知り合いや友人のところで居候をしておったが、いつまでも、そうしているわけにいかず、たまには姪っ子のところにでも厄介になろうと、こうして下屋敷に参ったのでござる」

「…………」

忠憲はまだ半信半疑の様子だったが、それ以上は、元之輔に尋ねなかった。

「ところで、若君は二度にわたって何者かにお命を狙われたと彩織から聞きました。御上も心配なされておりますぞ。だが、若君は守役の供侍はいらぬと申しておられるそうですな」

「……守役なんぞ煩わしい。己れの身は己れが守る。死ねば、それまで」

「その心構えは立派でござる。武士は、いつもそうでなければ。若君は、それでいい。わしの心配は、姪っ子の彩織でござってな。彩織は若君付きの腰元として、守役をいらぬという若君を、自分が身を挺してお守りせねばならぬと覚悟をしておりましてな」

「いらぬことを……それがし、彩織に守ってもらおうとはまったく思っておらぬ。それがしを、子ども扱いしおって……」

忠憲はぶつぶつと悪態をついた。元之輔はうなずいた。

「わしも彩織に申しておるのです。それは余計なお世話だ、と。守役は、お小姓組やお納戸組の仕事だ。お付きの腰元がやることにあらずと」

「その通り。傍迷惑だ。小姓組も納戸組も、それがしの身の回りのことをやってくれる者だけにしている」

「でござろうな。だが、彩織は御上から若君の面倒を見るようにご下命されている。それで、彩織は嫌でも若君と運命を共にしようとしている」

「馬鹿なことを。迷惑千万」

「そうでござろうな。そんな彩織なので、わしは心配しておる。万が一、彩織の身にもしものことがあったら、在所の弟や奥方になんとも申し開きが出来ない」

「………」

「それで、勝手ながら　わしは彩織の守役をやろうか、と思うておる。いいですかな？」

「それがし が、いいも悪いもない。御隠居が彩織を心配して、守役をやりたければ、やればいい」

忠憲は不機嫌な面持ちで言った。元之輔は忠憲に頭を下げた。

「わしが彩織の用心棒として彩織の身辺をうろついておりましても、どうか、若君はお気になさらぬようにお願いいたす」

「…………」

忠憲は何も言わなかった。

廊下に足音が聞こえた。彩織が急ぎ足で戻って来た。彩織は部屋に入ると、正座して言った。

「若様、さっそく台所の者を、市場にさくら肉を求めに出しました。さくら肉は、なかなか出回っていないそうですが、市中に馬刺しを出す店があるそうなので、なんとか手に入れるとのことです」

「…………」

忠憲は、布団にゆっくりと身を横たえた。

「疲れた。少し眠る」

「はい、若様。濡れ手拭いを交換します」

彩織は枕元の桶の水に手拭いを浸して取り上げ、軽く絞った。その濡れ手拭いを折り畳み、忠憲が右目にあてていた手拭いと替えた。

忠憲は彩織にされるまま、目を閉じて動かなかった。

「では、若様、お休みなさい。近くにおりますので御呼びくだされば、すぐに参ります」

彩織は忠憲に頭を下げ、部屋から退出した。

「では、わしも下がろう」

元之輔は忠憲にそう言うと、頭を下げ、彩織に続いて寝所を出た。

忠憲は、何も言わず、目を閉じていた。

二

元之輔は彩織と控えの間に戻った。

彩織はお茶を用意しながら、心配顔で言った。

「若様のお怪我の具合、大丈夫でございましょうか」

元之輔は笑った。

「大丈夫だ。二、三日、傷を冷やして安静にしておれば治る。今回のことは、忠憲にはいいクスリになるだろう」

「ならばいいのですが」

彩織は急須の茶を湯呑み茶碗に注いだ。

元之輔は湯呑み茶碗の茶を啜りながら、訊いた。

「ところで、折り入って彩織殿に訊いておきたいことがあるのだが」

彩織は微笑んだ。

「伯父様、彩織と呼び捨てになさってください。伯父と姪の間柄です」

「うむ。そうだな。彩織と呼ぼう」

彩織は笑った。

「伯父様、それで、私に何を訊きたいのですか?」

「いったい、おぬし、何者なのだ?」

「突然に何事なのです?」

彩織は驚いた。元之輔は言った。

「彩織は、腰元といっても、ただの腰元ではないな。何か特別な地位に就いているように見えるが」

「………」

「忠憲も、なぜか、彩織に一目置いている。たとえ、おぬしの悪口は言っても、おぬしを遠ざけない。お付きの腰元として認めている。なぜだ？」

「私が奥の中老美沙（みさ）の娘だからでしょう。母美沙はお志乃様が御下方だったころから、まるで娘のように可愛がり、御女中たちからのいじめや嫉（そね）みからお守りしていたのです。忠憲様は子ども時代から、それをご存知でした。母美沙を、きっと祖母のように思っていたと思います」

　奥の中老というのは、奥女中の最高位の老女に次ぐ位である。老女たちの筆頭老女は上老女（かみろうじょ）である。その下に老女がそのまた老女の下に中老がいる。奥を仕切っている老女や中老には、藩主も頭が上がらない。奥の御女中たちが正室や側室を支えており、藩主も奥と敵対すると、政がうまく進まないことがあるからだ。

　彩織の背後には中老である母が控えているとなれば、藩の男たちも彩織を粗雑には扱えない。

「そういうことか。では、彩織も子どものころから、忠憲のことを存じておったのか」

「はい。弟のように……」

彩織は顔を伏せた。首筋のうなじの肌がほんのりと赤くなっていた。

もしかして、彩織は年上だが、年下の忠憲を慕っているのではないか。恋に年齢の差は関わりない。

元之輔はそう思ったが、あえて口には出さなかった。

「彩織は御上から何か命を受けているのではないか？」

「はい。忠憲様は御上が御寵愛の側女お志乃様の御子ということで、いろいろとお辛い目に遭っております。それを不憫に思われた御上は、中老美沙に、くれぐれも忠憲様のことを頼むと申されたそうです。それで、母は私をあえて忠憲様のお付きの御女中にし、御上のご下命をはたさせようとしているのです」

元之輔は、酒井家の家中の問題が、うすうす分かりはじめた。

「忠憲は、なぜ、下屋敷に住んでいるのか、何か事情があるのであろう？」

「はい」彩織はうなずいた。

「話してくれぬか」

彩織はしばらく俯いていた。話すべきか話さぬべきか、迷っている様子だった。元之輔は辛抱強く待った。

「……お話しします。ですが、これは酒井家の家名にも関わることなので、何分にも内密にお願いいたします」

「もちろん。他言無用にいたす」

「御上の忠康様には、五人の御子がおられます。いずれも男子ばかりで、忠憲様は五番目の御子になります」

　彩織は言葉を選びながら説明しはじめた。

　忠康と正室静香の間になかなか子が生まれなかったが、忠康が側室に麻紀を迎えた直後に静香は懐妊し、長男忠靖（ただやす）が生まれた。

　その後、側室麻紀が次男忠義（ただよし）を出産し、正室の静香も懐妊なされ、三男忠信（ただのぶ）が生まれた。ついで側室麻紀が、四男忠道（ただみち）を出産した。

　そうした一方、御上の忠康は、ある宴席で踊った御下方の若い娘お志乃を見初めた。忠康は、正室、側室の反対を押し切り、お志乃を側女として奥に召し上げた。そのお志乃が産んだのが忠憲だった。

　正室静香は、嫡子の忠靖と三男忠信とともに上屋敷に住んだ。側室麻紀は、それに対抗するかのように、次男忠義、四男忠道とともに、中屋敷に住んだ。

　御上忠康が寵愛した側女のお志乃は、上屋敷へ行っても、中屋敷に行っても苛められ、行き場がなかった。そのため、忠康は側女のお志乃と忠憲を、正室側室の居所から離して、下屋敷に住まわせた。

正室静香が産んだ嫡子の長男忠靖は、凡庸だが、思慮深く、酒井家のお世継に相応しい御子だった。

実弟の三男忠信は頭脳明晰で、幕閣からも目をかけられていた。そのため、越後の小藩の養子となり藩主となったがすぐに幕閣から召し上げられ、いまは幕府の要職に就いていた。

側室麻紀の子である次男忠義はおっとりした性格で、上方の小藩の婿養子となった。その弟の四男忠道は、上の兄たちに比べて、あまり取り柄がなく、品行も不良なため、二十三歳になったいまも、まだ部屋住みに甘んじていた。

そのため、長男忠靖をはじめ、次男忠義、三男忠信たちが、どこかの藩主の養子に押し込もうと奮闘していた。

それに対して、側女お志乃が産んだ子忠憲は、稚いころ、素直でいい子だったが、母お志乃が突然に病死してから、次第に周りに馴染まなくなった。

それでも、自ら剣の道に進み、関根道場に通って剣の腕を磨いた。学問所に通い、朱子学や孔子孟子に没頭し、自ら学識を積んだ。忠憲は文武両道をめざす清々しい少年に育った。

　父忠康は母無し子の忠憲を不憫に思い、ほかの息子たちよりも特に目をかけ、溺愛した。

　その忠憲が、母お志乃の七回忌が巡ってきたのを境に、突然のように人が変わった。父忠康にも反抗し、言うことを聞かなくなった。

　小姓や腰元などの周りの者に対して、暴力を振るいはじめた。誰の言うことも聞かず、手がつけられない暴れん坊になった。

　それでも、忠康は、若いころの自分にそっくりだと、かえって忠憲を寵愛した。忠憲は、図に乗り、ますます粗暴になり、誰に対しても理由なく暴力を振るいはじめた。何事も、自分の思う通りにしないと、激怒し暴れ狂った。

「堪り兼ねて、ある日、私は忠憲様にお尋ねしたのです。なぜに、そんなに人を殴ったりするのですか、と」

「なんと答えた？」

「一瞬、きょとんとして、ちょっと言葉に詰まっていました。それから忠憲様は胸から吐き出すように言いました。理由なんかない、ただ殴りたいから殴るんだと」

　彩織は哀しそうな目で言った。

元之輔は、ははと笑った。

「ただ殴りたいから殴るか。理由なんかないんだな」

「どう思います。それって、どういうことなんです？」

元之輔は、己れの遠い記憶を探った。己れにも殴りたいから殴るという季節があった。理由はない。あっても、ささいなことで、まったく覚えていない。ただ己れの胸にわだかまる鬱憤（うっぷん）を晴らす衝動が抑えられなかった。十五歳か十六歳のころだ。

「忠憲は、いま、いくつだ？」

「十七歳です。まもなく十八歳になります」

「……そういう年ごろだろうな」

「御隠居様も、若いころ、そんなことがあったのですか？」

「うむ。あったような気がするが、忘れた」

「まあ。自分のことなのにお忘れになったのですか。信じられない」

彩織は呆れた顔になった。元之輔は笑いながら言った。

「忘れるからこそ、先に進める。いつまでも過去を引きずっていると、前になかなか進めない。彩織も、昔好きだった男をいまも、引きずって生きてはおるまい」

「…………」

彩織は返事に詰まった。

元之輔は話を戻した。

「ところで、忠憲はおぬしにも手を上げたか？」

「はい。一度だけ。叩こうとしました」

元之輔は訝った。忠憲は彩織には手を上げないと思っていた。

「平手か、拳か？」

「その違いは、あるのですか？」

「うむ。ある」

「私の場合、平手でした」

「そうか。そうだろうな」

元之輔はうなずいた。

忠憲がたとえ彩織を殴るにしても、本気で殴ろうとしたのではない。

「それで平手で、どこをひっぱたかれたのだ？」

「いえ。……若様はきっと痛かったでしょうけど」

「なに。どういうことだ？」

「手を上げて、私を叩こうとした時、私は咄嗟に手刀で、若様の腕を打ち払ったんでの前で」

「そんなつもりはなかったんです。でも、気付いたら、そうしていた。それもみんな

「食らわしたのか。それは愉快愉快。彩織もやるのう」

「私、思わず体をくるりと回し、若様の懐に入り、思い切り肘鉄砲を……」

「打ち払った？　それで」

す」

彩織は俯いた。元之輔は笑いを堪えて訊いた。

「みんなというのは？」

「大勢の御女中たちがいる前です」

「忠憲は、その時いかがいたした？」

「懐を手で押さえながら、しゃがみ込んでいました。慌てて若様の背後に回り込み、両肩を押さえて、膝で活を入れて……事なきを得ました」

元之輔は、彩織の話を聞きながら、忠憲と彩織の立ち合いを想像した。

「それ以来、若様は私に手を振り上げることはなくなりました。私に文句を言う時、必ず肘打ちを警戒して間合いを取っています」

「よほど懲りたのだな」

元之輔はにやついた。

彩織は恥ずかしそうに笑った。

「いま思い出しても、なんてことをしたのか、と恥ずかしい」

「一服（いっぷく）したいのだが、煙草盆はあるか」

元之輔は懐からキセルを取り出した。

「はい。ただいま煙草盆をご用意します」

彩織は立ち上がり、控えの間から出て行った。

元之輔は掃き出し窓から見える庭に目をやった。枯れ山水の庭だった。滝に見立てた水が築山（つきやま）の岩の間から流れ落ちている。水は池に流れ込んでいた。水面に強い陽射しがあたってきらめいていた。池の水面すれすれに、枝を伸ばした松の木が立っていた。近くの木立から喧しい蟬の鳴き声が響き渡っていた。

軒下に吊るされた風鈴がそよ風に揺れ、涼やかな音を立てている。

元之輔は、忠憲が、なぜ急に暴れん坊になったのか、思いを馳せた。彩織の話では、忠憲の亡き母お志乃の七回忌を迎えてまもなく、急に人が変わったようになり、乱暴狼藉（ろうぜき）を働くようになったと言っていた。

いったい、母の七回忌の法要で何があったのか？　忠憲は何に怒っているというのか？　何か、忠憲を豹変（ひょうへん）させるきっかけがあったに違いない。

忠憲は部屋住みの身だ。いつまでも、酒井家に留まることは出来ない。いずれ、どこかの家に養子か、婿養子となって家を出て行かねばならない運命である。

十七歳、まもなく十八歳となる忠憲は、おそらく、自分を待ち受ける運命に、恐れ慄（おのの）いているのかも知れない。

腹違いの兄たちは、四男忠道以外は、いずれも、その未来が見えている。長男忠靖は、よほどの変事でもなければ、父酒井忠康の跡目を継ぐ。次男忠義は、すでに上方の小藩の主家に養子として迎えられた。三男忠信は幕閣に認められ、小藩の藩主にされ、幕府の要路の道を歩み出している。

四男忠道と、五男忠憲の二人が、まだ部屋住みとなって酒井家に残っているが、二人とも遅かれ早かれ、他家に養子か婿養子に迎えられて出て行く定めだ。

どこの藩のどんな主家に迎えられるのかは、酒井家の家臣たちが、他藩といろいろ交渉を重ねているのだろう。

四男忠道も五男忠憲も、その交渉の結果を待たねばならない。

「お待たせいたしました」

彩織が煙草盆を盆に載せて戻って来た。彩織は煙草盆を元之輔の前に差し出した。

「うむ。かたじけない」

元之輔は煙草盆を引き寄せ、引き出しから莨を摘み上げ、キセルの火皿に詰めた。

「忠憲は、いったい七回忌の何がきっかけで、乱暴狼藉を働くようになったのか、心当たりはないか？」

彩織は考えあぐねて言った。

「それが分からないのです」

元之輔は火種にキセルの火皿をあてて、煙を吸った。

「七回忌の法要の際に、忠憲は誰かに会わなかったか？」

「法要には、大勢のお客様が御出でになって、若様にご挨拶してました。でも、どの方も、若様にお悔やみを申し上げるだけで、特に何か気にかかったお話しをなさる方はいなかったと思います」

「おぬしは、ずっと忠憲の傍におったのか？」

「はい。ほとんどお傍におりました」

「妙な客とか、怪しい客はいなかったかな」

「……妙な態度のお客様とか、怪しいお客様とかは、若様付きのお小姓たちが目を光らせていたので、いれば私に知らせてくれたはずです」

元之輔はキセルの煙を吹き上げた。

「珍しいお客はいなかったか？　かつてのお志乃殿の御下方の同輩とか、お志乃殿が病死したころの事情を知っている友人とかだが」

彩織は考え込んだが、ふっと顔を上げた。

「そういえば、当時御典医をなさっていた幸庵様が珍しく法要に御出でになっておられました。幸庵様がお志乃様の最期を看取った方でした。幸庵様は、その後まもなく御典医をお辞めになり、長崎へ行き、和蘭のシーボルト先生の下、蘭医の勉強をなさっていたとか。その幸庵様が長崎から江戸に戻ったとかで、若様にご挨拶なさっていました」

「忠憲は幸庵とどんな会話をしていた？」

「若様が幸庵様にお会いになるのは、十一歳の時以来とお聞きしています。だから、若様もだいぶ懐かしかったのでしょう。でも、幸庵様はお悔やみの言葉をお述べになっただけだったと思います。すぐに若様は、ほかのお客様の挨拶をお受けになっていましたから」

「そうか。ほかに気になった人はいなかったか？　わしが思うに、忠憲は七回忌で会った誰からかに何かを聞き、それまで抑えていた忿懣が一挙に爆発したのではないか、と推理しておるのだが」

「私も、そんな気がしてきました」

　彩織はうなずき、浮かぬ顔になった。

「そういえば、思い出しました。幸庵様が別れ際に若様にそっと書状をお渡しになっていました」

「書状だと？」

「はい。若様は受け取ると、すぐに懐に納め、次のお客様の挨拶を受けていました」

「おそらく、それだ。その書状に何か母親について書いてあったに違いない。幸庵殿は、いま江戸にいるのか？」

「はい。江戸市中のどこかで医院を開業していると聞いています」

「よし分かった。その医院を探し出し、幸庵殿に直接お会いして、忠憲に何を告げたのかを聞き出そう」

　元之輔は煙草盆の灰入れの竹筒にキセルの首をぽんとあて、火皿の灰を落とした。

三

富岡八幡宮の方角から、賑やかな御囃子が聞こえてくる。御霊入れを終えた神輿や山車が、早くも各町内の通りや路地を巡り歩きはじめていた。

元之輔が隠居屋敷に戻ったのは、暑い盛りの昼過ぎだった。庭先で草取りをしていた下男の房吉が立ち上がり、元之輔を迎えた。

「お帰りなさいませ。先程町内会の会長さんが、祭りの奉加帳を持って、やって来ました」

「おうそうか。お祭りの寄付金集めだな」

「御隠居様はお留守だと言ったら、また夕方に来ると申してました」

「田島は、おらなんだのか?」

普段は若党の田島結之介が家事全般を取り仕切っている。

「へい。お出かけになりました。昼過ぎには戻るとおっしゃってましたが」

「さようか」

元之輔は玄関から家に上がった。寝所で浴衣に着替え、風通しがいい縁側に座った。

回向院の方から雑木林越しに、神輿の担ぎ手たちの「わっしょい」「わっしょい」という掛け声が聞こえて来る。雑木林の蝉たちも呼応するように喧しく鳴き立てている。

元之輔が団扇を扇ぎ涼んでいると、台所から下女のお済が麦茶を盆に載せて運んで来た。

「お暑うございます。御隠居様、お昼はいかがなさいますか」

「昼は外で頂いた。大丈夫だ」

元之輔は彩織のところで、帰る前に冷や麦を食べた。

「では、西瓜でもご用意いたします」

「うむ。頼む」

お済は台所へ下がって行った。

生け垣の向こう側に田島結之介の姿が見えた。後ろに勘助を従えていた。何事か、勘助と話しながら笑っていた。房吉が立ち上がって迎えた。

「お帰りなさい。御隠居様もお戻りです」

田島は庭に入って来ると、縁側の元之輔に早速訊いた。

「御隠居、お帰りなさい。いかがでしたか、忠憲の具合は？」

「ぼこぼこにやられておった。顔はかぼちゃのように腫れ上がっていた。目の周りに痣があってのう」

「可哀相に。簀巻にされずに済んでよかったが、少し気の毒ではありますな」

「いま打ち身にさくらの生肉をあてて、休んでおる。腫れが引くまで、二、三日は動けまい。彩織のところに詰めていても、何もすることがないから、いったん戻って参った」

「そうでしたか」

田島は笑った。元之輔は二人に訊いた。

「そちらの方はどうだった?」

田島たちは、忠憲と一緒に簀巻にされかかった大塚順之介について調べに行っていた。

「やはり似たようなもので」

「まあ、家に上がれ。それから話を聴こう」

田島と勘助は、玄関から家に上がり、それぞれ縁側に座った。

「二人とも暑いのに、ご苦労さん、膝を崩してくれ」

「では、遠慮なく」

田島は勘助に目配せし、膝を崩して座るように言った。

二人の声を聞き付けたお済が気を利かせて、三つ切りにした西瓜を盆に載せて運んで来た。

元之輔は西瓜に噛り付きながら訊いた。

「順之介もぼこぼこにやられておったのだろうな」

「そうなんで。でも、懲りないやつで、親たちの前では、無理に元気な振りをしてました」

「親に叱られたのだろうな」

「しかし、吉原で遊んでいたことは、まだ内緒にしているようでした。助けてくれた勘助を見たら、順之介は青くなって吉原に行っていたことは内緒にしてくれ、と。な、勘助」

田島は勘助を見た。勘助は慌てて西瓜の欠片(かけら)を飲み込んだ。

「そうなんで。どうやら、親父やおふくろには、町奴(まちやっこ)たちと喧嘩をして袋叩きにされたことにしていたようなんです」

元之輔はうなずいた。

自分にも若いころ、親だけには知られたくないことがあった。いま思えば、大したことではないのだが、当時は親に知られたら死ぬほど恥ずかしかったものだ。だから、順之介の気持ちは分からないでもない。

「金もないのに、二人はどうして吉原なんぞに繰り出したのだ?」

「順之介の話では、吉原へは松平蔵之介たちに誘われて乗り込んだそうなのです」

「誘われたといっても、金がなければ行けないだろう」

「そのために、忠憲は仲間を集めて講を作り、吉原で遊ぶための金集めをしたようです」

「なに吉原で遊ぶために、講を作ったというのか?」

「忠憲は、講を作って、松平蔵之介の泰平講の成員である旗本御家人の子弟たちを引き込んで、泰平講を切り崩したらしいです。あっちの講は辛いぞ、こっちの講は甘いぞ、です」

田島は笑った。元之輔は西瓜を食べながら言った。

「まるで蛍狩りだな。忠憲は、どうして、そんなことをしたのだ?」

「泰平講に嵌まり、松平蔵之介からの借金で講の金にしているうちに、借金が返せなくなり、不本意にも松平蔵之介の子分になる者が続出していました。忠憲は、そういう借金漬けになった道場仲間を、新たな講に参加させ、講で集めた金で、松平蔵之介の借金を返させ、支配から抜け出させはじめました」

　田島はにんまりと笑った。元之輔は訝った。

「だが、それって、忠憲が講で集めた金で、松平蔵之介の支配から抜け出させること が出来ても、今度は忠憲の講から抜け出せなくなるのではないのか？」

「だから、あっちの講は辛いぞ、こっちの講は甘いぞ、です」

「そうやって、忠憲は人助けを装って、実際には己れの言うことを聞く家来を作った わけだな」

「そういうことになりますな。ケチで金に煩く威張りちらしている大身旗本の松平蔵 之介の子分になるのがいいか、それとも、金を都合してくれた徳川親藩のどら息子を 頭に担ぐのがいいか、の二者択一です。それがしなら、後者を選ぶでしょうな」

　元之輔は笑った。

「田島、おぬしは、やけに松平蔵之介を毛嫌いしているようだな」

「そうでござるか？　それがしからすれば、どっちもどっち、金で人を動かそうとす る、いけすかないお大尽です。だが、どうも大身旗本の松平蔵之介よりも、地方藩の どうしようもないどら息子の忠憲の方が、まだましと思っているだけです」

「ははは。厳しいのう」

「いえ、だいたい金持ちの息子というのは、そんな連中です。金さえあれば、人を操れると思っています。それがしは嫌いな徒輩(とはい)です」

田島はいつになく厳しい口調で言った。

田島の隣に座った勘助は頭を掻いていた。

「どうした、勘助。おぬしは、どっちがいい？」

「どっちと言われてもねえ。あっしは、はした金で使い走りしやすが、気に入らない親分や頭の言うことは聞きません。さっさと御免なすってとおさらばしやす」

元之輔は田島と顔を見合わせた。

「ということは、わしらは、おぬしに気に入られておるわけか」

「……へい、いまのところは」

勘助は頭を下げ、へへへと頭を掻いた。

元之輔は田島と笑い合った。

「話は戻るが、忠憲と順之介は、どうして松平蔵之介の誘いに応じて吉原に出掛けたのだ？」

「順之介は口を濁していましたが、どうやら松平蔵之介が忠憲に講争いの手打ちを申し入れたらしいのです」

「手打ちと申すと？」

「このまま講争いを続けると、武力抗争になります。忠憲とその一派は、旗本八万騎に戦をしかけようというのか、ここは、話し合いで、争いを収めようではないか、と松平蔵之介が忠憲に持ち掛けたというのです」

「で、忠憲は手打ちに応じたのか？」

「はい。一度話をしよう、と忠憲は考えたらしいのです。ところが、今度は話し合いの場所で揉めた。松平蔵之介が指定する場所は、いずれも旗本のワルたちが屯している料亭や水茶屋で、忠憲の道場仲間は、きっと松平蔵之介が何か企んでいる、仲間に闇討ちさせるつもりかも知れないと、忠憲に警告したそうです」

「そんなに忠憲と松平蔵之介のあいだは険悪になっていたのか」

「そこで、忠憲は奇想天外にも、遊廓新吉原はどうか、と松平蔵之介に持ち掛けたそうなのです」

「どうして、忠憲は新吉原なんかを話し合いの場所に指定したのだ？」

「御隠居、本当にいまの若い者は何を考えているのか分かりませんな。私たちが若い時とは、まったく発想が違います。どうやら、吉原なら、いくらなんでも、松平蔵之介の手下たちに襲われることはないだろう、と考えたらしいです」

「うむ。吉原なら、たしかに安全ではあるな。登楼（とうろう）の時に腰の大小は預けねばならぬし、遊廓内は命知らずの首代たちが取り仕切っている。乱暴狼藉を働く者は、廓の首代たちが取り押さえて廓から放り出すか、容赦なく始末するからな」

吉原は幕府公認の遊廓で、勘定奉行支配である。だから、町方役人は廓内に手は出せない。廓の内の揉め事や犯罪を取り締まるのが、楼主たちに雇われた「首代」と呼ばれる闇に生きる殺し屋である。首代は、手代、足代よりも、格が上の扱いで、必要となれば自分の首を差し出す、命知らずのやくざ用心棒である。

「だが、吉原は女遊びをする場所だ。料亭と違って、飲食代だけでなく、花魁（おいらん）の花代、遊女の枕代、芸者の花代など、いろいろ金がかかる。ほかにも、吉原によく通っている常連でないと分からぬ廓のしきたりがある。話し合いには適さない場所だ」

「御隠居も、若いころ、奥様に内緒で吉原にお通いになったのでは？」

田島が疑い深そうな目で、じろりと元之輔を見た。

「いやいや。そんなことはない。わしが知っておるのは、昔の吉原だ。いまの新吉原は知らぬ。残念だがのう……」

元之輔は顎を手で撫でた。

「残念ねえ……」

田島は疑い深そうに勘助と顔を見合わせた。

元之輔は、我が身に余計な火の粉が降り掛からぬように話の矛先を変えた。

「忠憲は、なぜ、松平蔵之介との話し合いに、吉原を指定したのかだ。順之介は何と申しておった？」

「順之介は、親に聞かれるとまずいと思ったのか、口を噤んでおりましたな。でも、口振りから推察して、講でかなりの金が手に入ったので、忠憲も順之介も一度は吉原で女遊びがしたかったのではないか、と」

「そうだろうな。忠憲も順之介も若いから、そう思っても仕方がないが。相手の松平蔵之介は、なんと返答したのかな」

「松平蔵之介は、喜んで応じたそうです。どうやら、松平蔵之介は子分の旗本たちを引き連れて、よく吉原で遊んでいたそうですから」

「つまり、忠憲は吉原なら、松平蔵之介たちは下手な闇討ちなんかの手は使えない、と読んで策を取ったわけだな」

「そうでしょうな」

「で、忠憲と松平蔵之介の話し合いは、うまくいったのか」

「それが決裂したそうです」

「ほほう。どうしてかな」

「松平蔵之介が、忠憲たちの講を認める代わりに、今後は泰平講の成員に手を出さぬよう要求した。それに対して、忠憲は松平蔵之介たちに泰平講を解散しろと要求したそうなのです」

「ほう。忠憲も大胆な要求を出したのう。それは松平蔵之介も呑めぬだろうな」

「はい。宴席は険悪な空気になったそうです。松平蔵之介たちは、天下の旗本が地方藩の田舎侍の言うことなんか聞けるか、と席を立って引き揚げてしまった」

元之輔は顎を手で擦った。

「忠憲は初めから松平蔵之介たちと話し合うつもりなんかなかったのだな。だから、喧嘩になっても、安全な廓を選んだのか。だが、それから、どうして忠憲と順之介は廓に残っていたのだ？」

「廓を出るにも出られなかったんです。な、勘助」

田島は勘助に話すように目配せした。勘助は口元を手拭いで拭いて言った。

「あっしが、吉原の若い者、といっても四十過ぎのいい歳の野郎で、そいつから聞いたんでやすが、二人は金を持っておらず、すっからかんだったそうなんで」

「どうして、そんなことがあるんだ？　楼に上がる時に、引手茶屋に金を預けてあるはずだ。そうでなければ、楼に上がれない」

「そうなんです。その引手茶屋に預けた金の引き換え札が、いつの間にか、忠憲の懐から消えていたんだそうで」

「なに、札を誰かに盗まれたというのか？」

「へい。気付いたのが、翌朝のことで、忠憲たちが、いざ支払いをしようとしたら、札がない。それで大騒ぎになったんで」

「誰が札を盗んだのだ？　まさか松平蔵之介たちの仕業か」

「どうも、そうらしいんで。忠憲たちが金を預けた引手茶屋に行ったら、前夜のうちに旗本らしい侍が預かり札を出し、馴染みの女に会えないから帰ると言って金を受け取って廓から出て行ったそうなんで」

「それで忠憲たちはどうなったのだ？」

「忠憲は落ち着いたもんで、手紙を書いて若い者に、道場の仲間に届けてくれ、と言ったそうなんで。外の仲間が金を作って、廓に届けてくれるから、とそのまま豪遊を続けたんです」

「道場というのは、関根道場だな。道場の仲間というのは誰だ？」

「手紙を道場に届けた若い者の話では、忠憲が指定した仲間に手渡そうとしたら、道場主に見つかり、手紙を取り上げられた。手紙を読んだ道場主は、破門にした者が吉原で遊んだ末に金がなくなり、門弟仲間に金を持って来いとは何事、言語道断だと激怒した。そんな輩は、どうなろうと知ったことではない、と取りつく島もなく、若い者は追い返されたそうで」

「ははは。大介らしいな」

元之輔は笑ったものの、困ったものだと心の中では嘆いていた。

関根道場の道場主近藤大介は、昔から直情径行の性格が直っていない。怒りに駆られると、聞く耳を持たずに怒鳴りまくる。根は単純な正義漢で、頭が悪い男ではないのだが、短気なのが玉に瑕(きず)だった。

「それで、三日三晩というもの、忠憲と順之介は必ず金が来るからと、遊女相手に遊び続けたんで。それでいよいよ楼の大番頭が乗り出した。これ以上は待てないと、四日目に入り、親に金を請求するから、親は誰かと訊いたんで。そしたら、二人とも、頑として親の名前を出さなかった。そのため、二人は布団部屋送りになったんです」

布団部屋送りは、金を払えない客が、外の仲間や縁者が金を持って来るまで、布団部屋に閉じ込められる措置である。

「だが、五日、六日が経っても、忠憲たちの金払いの目処がつかない。それで、いよいよ首代が出て来て、二人をしばき、親の名を言えと迫った」

「それで、吐いたか」

「いえ。偉いことに、二人とも、どんなに痛めつけられても親の名は出さなかったんで。それで、いよいよ首代たちは、二人を布団で簀巻にし、大川送りにしようとなった。そこで、あっしが大番頭に話をしたんです。実は、あの二人は、ある言えぬ事情があって、口を割らない。代わりに、あっしが二人のために金を出すので、簀巻にして大川送りにするのだけはやめてほしい、と頼んだんです」

「大番頭は、なんと申していた？」

「金さえ払ってもらえば、何も文句は言わない。若い侍二人の命を奪うのも忍びない、と」

「それで、二人は無事吉原を追い出されたということだな」

　元之輔は田島に向いた。

「結局、二人は吉原で、いかほど遣ったのだ？」

「花代、飲み代、芸者代、なんやかんやで、締めて四十両です。それも、勘助が大番頭と顔見知りだったので、大負けしてくれた値段でした」

「よくもまあ、四十両も遊んだものだな」

元之輔はため息をついた。

「その大金、誰が立て替え払いをしてくれた？」

「口入れ屋の扇屋伝兵衛です。伝兵衛は、後で経費として藩から頂くと申していました」

勘助、あの馬鹿君たちのために、よくやってくれた。わしからも感謝いたす」

勘助は頭を掻いた。

「とんでもねえ。御隠居から頼まれて、吉原に覗きに行ったら、たまたま、若侍二人が金を払わないので、簀巻きにされようとしているって聞いて、もしかしてと大番頭に訊いたまで。あの二人は運がいいってだけの話でやす」

「忠憲も順之介も、少しは懲りたろう」

「だったら、いいんですがね」

田島は頭を振った。

「ところで、二人は松平蔵之介たちとの話し合い以外にも、何か吉原に入るわけがあったようなんです」

元之輔は訝った。

「なんだ、そのわけとは？」

「勘助、話してくれ」

「へい」

勘助は田島に返事をすると、あらためて神妙に話し出した。

「あっしが二人を助けて廓の外に送り出した後、気になることがあったんです。話し合いが決裂した後、二人はすぐに廓の中のあちこちを見て回り、女郎たちにある女のことを知らぬかと聞き回っていたんです」

「ある女とは？」

「おシノという名の女です」

「おシノという名は忠憲の母お志乃と同じではないか？」

元之輔は田島の顔を見た。田島はうなずいた。

「偶然同じ名だったのでしょう。二人が探していたのは、お篠です」

「それで、二人はそのお篠を見付けたのか？」

「いえ。見付けることが出来なかったようなんで。二人は、三日三晩、女たちにお篠という娘はいないか、と聞き回っていたんです」

田島が勘助に代わっていった。

「勘助から、その話を聞いて、もしかすると、忠憲様と順之介は、松平蔵之介との話し合いを口実にして、吉原にお篠という女を探しに入ったのではないか、と思ったのです」

元之輔は訝った。

「忠憲と順之介は、ただ女遊びするために吉原に上がったのではない、というのか。信じられない話だな。その話、順之介に直接ぶつけて訊いたのか?」

「はい。そうしたら、順之介は血相を変えて、人探しなんかしていないと強く言い張っていました。その慌てぶりから、何かあると思ったのです」

「ふうむ。お篠探しか、一度、忠憲に問い質す必要がありそうだな」

元之輔は一人合点するようにうなずいた。

四

富岡八幡宮の例祭は、二日目の神幸祭を済ませ、三日目の富岡八幡宮の本祭りを迎えた。

朝から本祭りを告げる花火が打ち上げられ、天空でぽんぽんと炸裂して、祭りを否(いや)が応(おう)でも盛り上げた。各町から山車が出され、御囃子と一緒に町内を巡行する。

深川本祭り最大の見せ物は、各氏子町内の大神輿渡御だ。大神輿およそ五十三基が勢揃いし、連なって渡御する。それぞれの大神輿は、何百人もの男たちに担がれ、わっしょい、わっしょいと深川の町をところ狭しと、半日かけて練り歩く。

夏の暑い盛りとあって、半裸になった担ぎ手の体から汗と熱気が溢れ出る。沿道の人たちは担ぎ手たちに手桶の水を掛ける。水を浴びた担ぎ手たちから、熱気が湯気になって立ち昇る。わっしょいわっしょい、という掛け声はさらに高まり、担ぎ手と沿道の群衆が一体となって祭りを盛り上げる。

大神輿の渡御だけでない。各町内から、それぞれ、中小の神輿や山車が繰り出され、狭い路地にまで入って練り歩く。御囃子の三味線が奏でられる。

だから、この本祭りの日は、どこの通り、どこの路地にも、御囃子が響き、神輿を担ぐ人波、山車を引く群衆で溢れ返る。深川界隈は、朝から祭り一色に染め上げられる。

元之輔は、深川・本所住まいだが、遠くから聞こえる深川本祭りの御囃子に誘われ、たまには祭り見物でもするか、と重い腰を上げた。

もともと祭りは嫌いではない。江戸家老だったころは、江戸の三大祭りの、日枝神社の山王祭り、神田明神の三社祭りや深川八幡祭りがあっても、役目柄、祭り見物に行くことは出来なかった。

それが出来るのは隠居の身になったからこその役得のようなものだ。若いころには、在所で、祭り太鼓の音が聞こえると、身も心もそわそわと落ち着かなくなった。還暦過ぎのいまは、そんな興奮は覚えぬが、それでも、ついつい心が騒(ざわ)つく。

元之輔は田島と猪牙舟(ちょきぶね)に乗り、富岡八幡宮の近くまで来た。だが、富岡八幡宮界隈の掘割は、船で込み合っていて、なかなか進まない。いつになく猪牙舟や屋根船などが多く、行く手に列をなしている。

元之輔たちは止むを得ず、手前の浄心寺(じょうしんじ)近くの船着場で下りた。だが、陸に上がって、八幡宮に向かって歩くうちに、八幡宮の境内や参道に群がる人の混雑を見て、元之輔は早々に参拝は諦めた。わざわざ、人で賑わう祭りの日に参拝する必要はない。

元之輔と田島は、帰りの舟を探したが、今度は舟が捉まらない。二人は舟を諦め、本所まで歩いて帰ることにした。浄心寺界隈から、本所まで歩いても大した距離ではない。それに、たまに深川の街を見て回るのも悪くない。

元之輔は深川の町並みを眺めながら、そぞろ歩きで本所に戻りはじめた。

深川は婀娜(あだ)の街である。寺社領のあちらこちらに遊廓や料亭、飲み屋がひしめいている。その色街からも、賑やかな御囃子が聞こえる。婀娜な女たちの笑い声、嬌声が混じっている。

小名木川に架かる高橋まで歩き戻ったところで、橋を渡る大神輿に出交わした。大勢の男たちが大神輿を担ぎ、揺すりながら、高橋を渡って来る。

その後にも、何基もの大神輿が連なっていた。大神輿が渡った後には、次の大神輿を担いだ男たちが控えていた。

次の大神輿が渡りはじめる前に橋を渡らないと、またしばらく渡れない。元之輔と田島は橋の上の人波を掻き分け、なんとか橋を渡った。

二人が渡り終えるとまもなく、大神輿を担いだ一団が掛け声も勇ましく、高橋を渡り出した。

元之輔と田島は小名木川の畔に立ち、橋を渡って行く大神輿を眺めた。次に橋を渡ろうとする大神輿の一団が、目の前で大神輿を揉みはじめた。

わっしょい、わっしょい。

大神輿が人波の頭上で、上下にうねっていた。担ぎ手の男たちは掛け声も逞しく、重い大神輿を担ぎ上げている。半裸の男たちの肉体が太陽の光を浴びて赤銅色に輝いている。

道端から女も男も手桶や杓の水を、遠慮会釈なく、担ぎ手たちの頭上に浴びせ掛けている。掛かった水は半裸の男たちの体から跳ね返り、水飛沫となって四散する。

わっしょい、わっしょい。

元之輔は練り歩く大神輿を囲む群衆の狂乱を眺めていた。

人々の狂乱は、日頃の生活の苦しさや惨めさを吹き飛ばそうとする衝動の表れのようにも思える。大神輿が乱暴に荒れ狂う。大群衆が怒号や歓声を上げる。男も女も髪を振り乱し、夢中で水を掛けて、絶叫する。

見ているだけでも、体が心が震える。

「一期(いちご)は夢よ、ただ狂え」

元之輔の頭に閑吟集(かんぎんしゅう)の一節が去来した。

大神輿の一団が橋を渡り出したかと思うと、次の大神輿の一団が進んで来て、たちまち群衆で道を埋め尽くす。またも周囲から水掛けが始まった。水飛沫が盛大に上がる。

わっしょい、わっしょい。

元之輔も田島も、いつしか水を浴びて、着流しした着物が裾まで濡れていた。

「御隠居、見ているだけでも疲れますな」

「掛け声を聞いているだけで、体が震えてくる」

「御隠居はお若いですな。それにしても暑い。どこか、水茶屋にでも入って休みませんか」

空を仰いだ。灼熱の太陽が照りつけていた。

あらためて、暑いと感じた。

「うむ。そうするか」

元之輔は田島に促され、通りを歩き出した。

通りの右側は武家屋敷が並んでいるが、左側は町屋だった。町屋には、八百屋や魚屋、乾物屋、油屋、小間物屋、織物屋などが居並んでいる。その中に水茶屋の旗も立っていた。

だが、水茶屋は込み合っていて、空いた席はなかった。しかも、目の前を大神輿の群衆が練り歩くので、店も開店休業の状態だった。

元之輔と田島は、仕方なく近くの神社の境内に入った。そこには大きな楠の木陰があった。露店が四、五軒並び、近所の親子連れや見物客たちで賑わっていた。

元之輔が楠の木陰で汗を拭っている間に、田島が露店から欠き氷を買って来た。

「子ども時代を思い出しますな」

「うむ。田舎で、夏、水浴びをした後、欠き氷にありつくのが、なによりの楽しみだった」

元之輔は欠き氷を口に頬張り、あまりの冷たさに蟀谷を押さえた。

「これ、これがいい。冷えすぎて頭が痛くなるのがなんとも言えぬ」

「そうでございますな」

田島は欠き氷を口に入れながら、ふと顔を通りに向けた。

「御隠居、あれは房吉では？」

元之輔は田島が指差す方角に目をやった。

通りの先に下男の房吉の姿があった。通りを歩きながら、手を翳して日を遮り、あたりの人込みをきょろきょろ見回している。

通りを真っすぐ行けば、弥勒寺橋に、ついで竪川の二つ目橋になる。二つ目橋を渡れば、隠居屋敷のある本所界隈だ。

「誰かを探しておるのかのう」

「御隠居を探しておるのかも知れませんぞ」

田島は大声で房吉の名を呼び、両手を大きく振った。房吉は田島と元之輔の姿に気付くと、踵を返して来た道を戻って行き、大神輿の人込みに消えた。

「どうしたのかな」

「誰かが一緒なのかも知れませんな。我々が居たと告げに戻ったのでしょう」

田島のいう通り、やがて大神輿の人込みの中から、ちらりと房吉の姿が現われた。房吉は振り返り、後ろを見て何事かを言っている。房吉の後ろに彩織の姿があった。

彩織は、元之輔を認めると、着物の裾を乱しながら、大神輿の人込みを擦り抜けて駆けて来る。

「何か、あったらしいな」

元之輔は欠き氷の器を手にしたまま、田島と顔を見合わせた。

やがて、彩織は下駄の音を立てながら、元之輔に走り寄った。後から房吉もあたふたと駆け付けた。

「御隠居様……」

「いかがいたしたのだ？　そんなに慌てて」

「若様が部屋から消えました」

彩織は肩で息をしながら言った。元之輔は彩織の息が収まるのを待って訊いた。

「忠憲が屋敷からいなくなったというのか？」

「は、はい。若様はお付きの小姓にも気付かれぬように、寝所を抜け出し、通用口から出て行ったそうです。門番によると外には何人かの若侍が待っていたそうです」

「仲間が迎えに来たのか」

元之輔は腕組みをし、苦笑いした。数日は怪我のために安静にしていると思っていたのだが、仲間が迎えに来て動き出したというのか。

「忠憲の怪我は、どんな具合だった?」

「さくら肉の効用があったのか、顔の腫れはすっかり治まりました。目の周りの痣もだいぶ薄れました。全身の打ち身も、一昨日と昨日と二日、寝所でお休みになっておられたら、かなり痛みがなくなったとおっしゃってました」

「そうか、若いからな。怪我の治りも早いのだろう」

「でも、まだ少しでも体を動かそうとすると、顔をしかめていたので、しばらくは大人しくしていると思ったのですが。うっかり油断してしまいました」

彩織は顔をしかめた。

「若様は、どこへお出かけになったのでしょう。心配でなりません」

「そう心配することでもない。きっと仲間と連れ立って、この深川祭りでも見にきているのではないか」

「あの若様のこと、今度は何をなさるのかと、心配でなりません。御隠居様、なんとか若様を探し出してください」

これも御隠居用心棒の仕事の内か。元之輔は、欠き氷の残りを頰張りながら、うなずいた。

「うむ。探そう」

元之輔は考えた。

忠憲を迎えに来た若侍たちとは、誰なのか。おそらく関根道場の門弟たちか？　忠憲は、仲間たちと、どこへ出掛けたのだろう？

元之輔は田島を振り向いた。

「大塚順之介の家は、どこにある？」

「下谷（したや）の広小路の近くです」

「悪いが順之介に会って、忠憲は仲間と一緒にどこへ行ったか聞き出してくれぬか」

「承知しました。勘助を呼び出し、その後、忠憲様の行方を探させます。御隠居は、この後、いかがいたします？」

わっしょい、わっしょい。

元之輔は大神輿を揉む男たちを目で指した。

「わしの勘だが、忠憲は仲間たちと、深川本祭りの見物に来ているのではないか、と思う。なんせ三年に一度の大祭だ。わしが若かったら、血が騒いで、そうする」

元之輔は大神輿を囲んでうねる群衆を見た。

沿道から水が浴びせ掛けられ、担ぎ手の熱気はますます上がる。掛け声がさらに大きくなった。

「もしかすると、忠憲はどこかで、この大神輿の渡御を見物しているかも知れんぞ」

元之輔は周囲を見回した。大神輿の周囲には、担ぎ手たちとは別に祭り見物の野次馬たちが取り囲んでいる。町民たちだけでなく、侍や武家の女子どもの姿も大勢混じっていた。

「私も、そんな気がしてなりません」

彩織も大神輿の担ぎ手たちに水を浴びせる男たちや、わっしょいわっしょいと囃し立てる見物客たちを見回していた。

「わしは、彩織と房吉とで、この稲荷(いなり)神社で待とう。下手に動くと、この混雑だ。大人でも迷子になる」

「分かりました。では」

田島はうなずいた。

「よろしくお願いいたします」

彩織は田島に頭を下げた。

田島は足早に立ち去った。田島は弥勒寺橋の方から押し寄せて来る人波に逆らって進み、やがて人込みに消えた。

わっしょい、わっしょい。

掛け声が間断なく沸き上がる。大神輿の群衆は稲荷神社の境内の前を、次々に通り過ぎて行く。

彩織はようやく落ち着いた様子になって、上下に揉まれる大神輿を見ながら驚嘆の声を上げた。

「凄いですね。深川祭りって初めて見ました。こんなに男衆が祭りに夢中になっているのって感動します。江戸っ子の意地と張りを感じます」

彩織は、いつになく頰を紅潮させていた。

五

五十三基の大神輿の連合渡御は終わりに差し掛っていた。ほとんどの大神輿は高橋を渡り、いまは最後尾を担う大神輿の人波が、最後の渡御を盛り上げようとしていた。

わっしょい、わっしょい。

担ぎ手だけでなく沿道の見物客たちも一緒になって掛け声を上げている。

突然、悲鳴と怒号が起こった。

「喧嘩だ！」「喧嘩だ！」

「やっちまえ」「おもしれえ、やれやれ」

あちらこちらから野次が上がった。それとともに、大神輿を囲む人波の一角が崩れ、六尺棒や鳶口を手にした男たちが飛び出した。

いずれも、印半纏を着込んだ祭りの男衆だった。片や十数人、旗本御家人の若侍たちだった。

若侍たちは酒に酔っているらしく、印半纏の男衆に、いちゃもんをつけ、自分たちにも神輿を担がせろと怒鳴っていた。

元之輔は腰を掛けていた楠の根元から、むっくりと立ち上がった。彩織も目を皿のようにして、侍たちの中に忠憲の姿はないか、と探している。

印半纏の若い衆を率いている頭は、胡麻塩の坊主頭を撫でながら、慇懃無礼に若侍たちを宥めた。

「富岡八幡宮様の三年に一度のあっしたちの町の例大祭です。旗本のお侍さんの祭りではありません。喧嘩など吹っかけず、どうぞ、大人しくお引きとりください。お願いいたします」

「ならぬ。我ら徳川将軍直参の旗本だ。天下の旗本に神輿を担がせぬと言うのか」

「素人のお侍さんたちが重い大神輿を担ぐのは、たいへん危険です。神輿を担げず、潰れるかも知れません。そうなったら、大怪我をします。下手をするとお陀仏になりましょう。悪いことは申しません。囃し立てるだけにしてください。お願いします」

「ならぬ。四の五の言わず、担がせろ」

「お願いです。無理は言わないでください。気分を害したなら、あっしが謝ります。これこの通りです」

胡麻塩頭の頭は道路に土下座した。

周囲の野次馬たちから、怒声が上がった。印半纏の頭を庇う野次だ。

「旗本が何でえ」「威張るな、サンピン」「てめえらの祭りじゃねえんだ。帰れ」

「帰れ」「帰れ、くそ旗本」

野次や罵声は周囲から旗本たちに飛んだ。

旗本たちは刀の柄に手をかけ、周囲の人波を威嚇した。

元之輔は、まずい、と思った。

すでに、印半纏の男衆たちは、鳶口や六尺棒を握り、身構えている。土下座した頭が若侍たちに足蹴にでもされたら、喧嘩になる。

若い衆たちは一斉に若侍たちに襲いかかる。

「御隠居様、おやめください。相手が多すぎます」

彩織が元之輔の袖を摑んだ。房吉もおろおろしている。

突然、周囲の人込みの中から、数人の男たちが飛び出し、旗本たちの前に立ち塞がった。

いずれも、浴衣を諸肌脱いだ上半身裸の男たちだった。彩織が、あっと口を塞いだ。

諸肌脱ぎにした男の一人は、忠憲だった。

これは面白いことになった。元之輔は出るのをやめた。

「忠憲様……」

彩織が走り出そうとした。元之輔は彩織を手で止めた。

「待て。いま出てはいかん」

忠憲は胡麻塩頭の頭を庇うように立ち、木刀を振り上げた。

「頭、ここは、それがしに任せてくれ」

忠憲は胡麻塩頭の頭の体を引き起こした。

「おい、松平蔵之介！　旗本のくず野郎。武士の風上にも置けぬ卑怯者め。喧嘩は、それがしたちが相手する」

　忠憲の左右に諸肌の男たち六人が、さっと分かれて並んだ。六人の髷はさまざまで、武家髷もいれば、町人髷もいる。二人は木刀を構え、残る四人は鳶口を手にしていた。

　野次馬たちは歓声を上げた。

「かっこいい」「旗本たちをやっつけろ」「旗本、帰れ」「帰れ」

　野次や罵声が周囲から飛んだ。

　忠憲は祭りの男衆に怒鳴った。

「大神輿の渡御を続けろ。こいつらは、我らが相手する」

　印半纏の男衆は、呆気にとられていた。胡麻塩頭の年輩の頭はにやっと笑いながら、忠憲の肩を叩き、印半纏の若い衆に引けと合図した。若い衆は、ぞろぞろと大神輿に引いた。

　周囲の野次馬たちの罵声や怒声がさらに大きくなった。

「帰れ帰れ」「帰えって、おふくろのおっぱいでも吸っていろ」「くず旗本、帰れ。なにが天下の旗本だい」「祭りを邪魔する旗本は江戸の恥晒しだ」「帰れ帰れ」

　急に旗本たちに石が飛びはじめた。旗本たちは刀を抜いたが、野次馬たちの罵声はさらに大きくなった。

忠憲は手で投石をやめろと合図して、怒鳴った。

「出ろ、松平蔵之介、仲間の陰に隠れておるとは卑怯だぞ」

旗本たちの中から大柄な侍がのっそりと前に出た。松平蔵之介は、整った顔立ちをした優男だった。

松平蔵之介は、目の前に立つ忠憲を憎々しげに睨んだ。

松平蔵之介は酔っ払ってふらふらしている配下たちに舌打ちし、「引け」と命じた。

「くたばり損ないの田舎侍！　いらぬところに現われおって」

「貴様のお陰で、危うく命を落とすところだった。この礼はたっぷりお返しいたす」

松平は、ふんと鼻で笑った。

「このままで済むと思うなよ」

松平蔵之介は、十数人の仲間たちに守られながら、引き上げて行った。

見物客たちから歓声が上がった。諸肌脱いだ忠憲や仲間たちは、野次馬たちに取り囲まれて、褒めたたえられている。

わっしょい、わっしょい。

掛け声が上がり、大神輿が担がれ、上下に揺すられはじめた。祭り半纏の男衆たちが大神輿の担ぎ手たちを守るようにして橋を渡って行く。

「忠憲、やるじゃないか」

元之輔は腕組みをし、群衆に取り囲まれた忠憲たちを眺めていた。

「どうしましょう?」

彩織が傍らから言った。

「忠憲が元気でいたと分かっただけで、よしとしよう」

「でも、このまま放っておいては」

「だが、ここでやつを捉まえても、屋敷には戻らぬぞ。忠憲が、戻ろうと思わぬ限り、いくら連れ戻しても、逃げ出すだけだろう」

「そうでしょうか」

彩織は不満げだった。

忠憲たちを囲んだ群衆が散りはじめた。

彩織は、あっと息を呑んだ。

「いない。また忠憲様が消えた」

いつの間にか散った群衆の後に、諸肌を脱いだ忠憲たちの姿はなかった。

やりおるのう、と元之輔はにんまりと笑った。

元之輔は、大神輿を揉みながら橋を渡って行く担ぎ手たちに目をやった。担ぎ手たちに混じって、神輿を担ぐ忠憲の顔がちらりと見えた。

「御隠居、こちらにおられましたか」

背後から田島の声がかかった。

元之輔は振り向いた。

田島と一緒に、顔を腫らした若侍と、やや離れた後ろに勘助が立っていた。

「御隠居、それがしが訊いてお話しするよりも、本人から直接に聞いた方がいいと思いまして、連れて来ました」

顔を腫らした若侍が、元之輔に頭を下げた。

「それがし、大塚善之典の嫡子順之介でござる。先生には、道場で稽古を付けていただきましたので、覚えておられるか、どうか」

「おう。おぬしが大塚順之介か。存じておるぞ。わしは、稽古仕合いで、おぬしに一本取られたな」

「あれは、先生の温情でございましょう。わざと打たせていただいた。恥ずかしいです」

元之輔は、順之介が名前の通り、素直な好青年なのを思い出した。

「勘助殿からお聞きしました。この度は、それがしと忠憲を助けていただき、ありがとうございます。一時は、どうなるものか、と覚悟しましたが、勘助殿のお陰で助かり、ほっとしています」

「怪我の具合は？」

「だいぶ、回復しました。まだ体中、痛みますが」

「いま、ここに忠憲がいたが、見なかったか？」

「え？　ここに忠憲がいたのですか？」

「仲間と一緒に現われ、松平蔵之介と危うく一触即発の状態になった」

「……そうでしたか。一足遅かったですか。それがしが居たら、忠憲に帰るよう説得出来たのですが」

　順之介は顔をしかめた。

「あのう……」

　彩織が元之輔の肘を押した。

「おう、こちらは忠憲のお付きの御女中彩織殿だ」

　彩織は名乗った。順之介は笑みを浮かべようとして、痛みで顔を歪めた。

「……彩織殿、お名前は存じております。忠憲から、いろいろお聞きしていましたから」

「いろいろと？」

「はい」

「忠憲様は、私について、なんと言っていますの？」

彩織は大きな黒い瞳で順之介を見つめた。

「綺麗で、いい方だと」

「悪い点は？」

「厳しいと」

「厳しい？　何が厳しいって？」

「……ですから、母親のように、なんでも厳しくうるさいと」

「母親のようですって。まあ、私は、そんなに年上ではありませんよ」

「…………」順之介は答えるのに四苦八苦していた。

元之輔は助け舟を出した。

「彩織、話は、それだけにして。順之介には、わしもいろいろ訊きたいことがあるのでな」

田島も笑いながら言った。

「御隠居、ともあれ、ここでは話がしにくいでしょう。近くの水茶屋にでも入りましょう。大神輿も通り過ぎたので、きっと水茶屋も席が空いたはずです」

元之輔はうなずき、彩織と順之介、勘助に行こうと促した。

わっしょい、わっしょい。

遠くから幾重にも重なった掛け声が聞こえた。思い出したように、近くの雑木林から、喧しい蟬の声が響いていた。

第三章　義理に強いが情けに弱い

一

葦簀（よしず）張りの水茶屋「こそめ」は、つい先程までは店内が満席だったのに、大神輿が通り過ぎた後は、田島がいったように席ががらがらに空（す）いていた。店先には長い床几台が並んでいる。

「いらっしゃいませ」

看板娘らしい若くて美形の仲居が愛想笑いを浮かべて、元之輔たちを迎えた。田島が看板娘に何事かをいった。

「それでは、奥の座敷が空いてます。どうぞ、お上がりください」

元之輔は仲居に案内され、奥の座敷に入った。座敷は裏庭に面して、風通しがいい。

裏庭は稲荷神社の境内に続いている。

　元之輔は彩織と並んで座り、田島と大塚順之介が元之輔たちに対面して座った。勘助と房吉は遠慮して部屋の隅に腰を下ろした。

　仲居たちが早速、茶を入れた薬缶や湯呑み茶碗、茶菓子を運んで来た。仲居たちは、それぞれに愛想を言いながら、茶碗を配り、薬缶のお茶を注いだ。

「どうぞごゆるりと」

　仲居たちは、そういうと引き揚げて行った。

　元之輔は大塚順之介に話しかけた。

「早速だが、忠憲が一緒にいる仲間とは、何者なのだ。先程見た時には、若侍二人、町奴が四人いたが」

「忠憲の仲間は、いろいろおりまして、それがしもすべては知りません」

　順之介は頭を振った。

「それがしが知る限りですが、忠憲が仲間にするのは、喧嘩相手だった者とか、助けた者でした」

「喧嘩相手と仲良くなるのか？」

「はい、それも喧嘩して強かった相手です。勝ち負けは関係していません。武家も町奴もありません。忠憲は、こいつは手強いと思った相手と仲良くなるのが上手です。すぐに意気投合して仲間になる」

順之介は、親し気に、忠憲を呼び捨てにしていた。

「で、おぬしは、どちらなのだ？」

「それがしは、喧嘩で仲良くなったのではなく、講で助けられた者です」

「どうして、忠憲は助けた者を子分にするのだ？」

順之介はむっとした。

「それがし、忠憲の子分ではありません。忠憲は子分とか家来を持つことを嫌っています」

「では、忠憲はおぬしにとって何になる？」

「道場の先輩であり、友でもあります。義で結ばれた仲間です」

元之輔は、ほほう、と微笑んだ。

「義だと？　何に対する義だ？」

「……兄弟、仲間の義です」

「まるでやくざの仁義だな」

元之輔は思わず笑った。大塚順之介は正座し、胸を張った。

「我らはやくざではありませんが、正義を尊ぶ義兄弟です」

　元之輔は田島と顔を見合わせた。

「義兄弟は、悪いのですか？」

　順之介は向きになった。元之輔は微笑んだ。

「いや、そうではない。ただの遊び仲間だと思っていた。どうやら、わしの考え違いだった。そうか、義兄弟の縁を結んだ仲間だから、助け合うのだな」

「はい。義を見てせざるは勇なきなり、です」

　順之介は嬉しそうにいい、胸を張ったが、すぐに痛みで顔をしかめた。

　元之輔は順之介に茶を勧め、自分も茶碗を取って温かい茶を飲んだ。

「松平蔵之介との争いは、その義がからんでいるのだな」

「はい。やつらのやっている泰平講は、正義に反します。金に困っている者を、一時は助けるが、その後、松平蔵之介が高利で金を貸して、講を続けさせ、借金漬けにする。そもそも、高利貸しは、天下の旗本のやることではありません」

　元之輔は笑った。

「忠憲が開いた講は、泰平講と目的が違うというのだな」

　順之介はうなずいた。

「はい。講は金がない者が寄り集まって行なう助け合いです。成員は折々に一定額の金を出し、講の主宰者に集める。一人一人では小額でも、大勢集まった講ならば、まとまった金になる。その大金を講の成員が順繰りに受け取ったり融通し合う。大金が要り用な時、講のお金はたいへんにありがたい」

「うむ」

「ところが、泰平講は違う。貧乏な旗本御家人の子弟たちが、親に内緒で吉原や岡場所で遊ぶ金を作るための講だ。それをいいことに、金持ちの松平蔵之介が、講に加わった貧乏旗本御家人に、高利で金を貸し付けて講の金を払わせ、ひいては借金漬けにする。借金漬けになった旗本御家人は、松平蔵之介に頭が上がらない。そうやって金で人を操るための講です」

「おぬしらは、それで泰平講はけしからんというのだな」

「忠憲は、そうした松平蔵之介の泰平講を潰すため、新たな講を作り、借金漬けの人を講に入れ、集めた金で借金を返させ、泰平講から抜け出させようとした」

「なるほど」

「泰平講から成員が一人でも抜ければ、松平蔵之介にとっては打撃になる。抜ける人が十人、二十人となれば、泰平講は成り立たなくなる。忠憲は泰平講に縛られて抜け出せなくなった貧乏旗本御家人を助けようとしているんです。それで松平蔵之介は忠憲をなんとか懐柔（かいじゅう）出来ないか、と話し合いを提案して来たんです。だが、忠憲は話し合いに行けば、きっと闇討ちされると警戒した」

「忠憲は、そうと分かっていながら、なぜ、話し合いを拒まなかったのだ？」

「仲裁者の顔を立てたんです」

「誰が松平蔵之介と忠憲の仲裁をしたのだ？」

「……言っていいのか、どうか」

順之介はちらりと彩織の顔を見た。彩織は怪訝な顔をした。

「どうぞ、言ってください。私が関係しているというのですか？」

「忠憲は、それがしにだけ、内緒だが、と打ち明けてくれたんです。ここだけの話にしていただけますか」

元之輔はうなずいた。

「もちろん、内緒にする。で、いったい、誰かな？」

「忠憲の兄である忠道殿です」

元之輔は、思わず彩織と顔を見合わせた。

彩織も困惑した表情になっていた。

「どうして、忠道様が……」

忠道は酒井忠康の側室麻紀が産んだ第四子である。忠憲の異母兄だ。

忠道は、忠憲同様、部屋住みで、まだ他家への養子が決まっておらず、肩身の狭い思いをしている。忠道は部屋住みの憂さを晴らしに、遊び歩いているうちに、どこかで松平蔵之介と知り合ったのに違いない。

兄の仲裁では忠憲も無下には断れないな、と元之輔は納得した。

「それで、忠憲は松平蔵之介と会うには会うが、初めから話し合う余地はない、と思っていたのだな」

「はい」

「だから、話し合いの場所として、闇討ちされそうにない吉原を選んだ、というのか?」

「その通りです」

順之介はばつの悪そうな顔になった。元之輔は笑った。

「吉原を選んだのは、それだけではなかろう?」

「………」順之介は困った顔をした。

「おぬしら講の金があったから、吉原で女遊びをしたかったのではないか」

「…………」

順之介は顔を真っ赤にしてうな垂れた。

「まあ、忠憲様もそうだったのね。ほんとに困った男たちねえ」

彩織は頰を膨らませた。

元之輔は彩織の忿懣を和らげるため、話の矛先を変えた。

「それはそれとして、おぬしら、吉原でお篠という女子を探していたそうではないか」

順之介は、はっと顔を上げた。だが、すぐに頭(こうべ)を垂れた。

「……そ、そんなこと、ありません」

「隠すな。それでお篠を見付けたのか？」

「…………」

順之介は、これまでと一変して、喋らなくなった。

元之輔は、田島と顔を見合わせた。田島は首を横に振った。

これ以上、順之介を問い詰めても、話さないでしょう、と田島の顔は言っていた。

「そうか。何か言えない事情があるんだな。分かった。では、訊くまい」

元之輔は茶菓子に手を伸ばし、饅頭を一つ摘んで頰張った。餡子の甘さが口一杯に広がった。若いころを思い出す、懐かしい味だった。

向かいの順之介も饅頭を頬張り、うな垂れている。

彩織が茶を啜りながら、順之介に尋ねた。

「さっき、忠憲様は喧嘩して強かった喧嘩相手を仲間にしたとおっしゃっていましたね」

「はい」

順之介は話題が変わったので、顔を上げた。

「そんなに忠憲様は、しょっちゅう喧嘩をなすっていたのですか？」

「は、はい」

「いつ、そんな喧嘩をしていたのです？」

「不忍池の道場からの帰りに、しばしば……」

「いったい、どこで？」

「それは、いろんな場所でです。神田川の土手だったり、上野の森だったり、深川に繰り出したり、神田界隈の神社仏閣のどこででも」

「まあ」

「忠憲は、侍であれ、俠客(きょうかく)であれ、相手を選ばず、強いと見れば、喧嘩を挑み、殴り合った後、手打ちして仲直りする。それが忠憲は楽しみで、これまで、喧嘩に明け暮れていました」

彩織は呆れた顔になった。

「道理で、忠憲様は道場帰りが遅かったりした時、肩や腕、頭に怪我をして帰って来ることがありましたが、喧嘩したせいだったんですね」

「そうです。喧嘩する度に、仲間が増えていき、いまでは、ざっと三十人はいるでしょう。それがしは違いますが」

順之介はまた誇らしげな顔になった。

元之輔が真顔で訊いた。

「そうした仲間は、普段、どこに集まるのだ？」

「……岡仲（おかなか）の『陣屋（じんや）』です」

岡仲町は筋違（すじか）い御門の小広場に面している町名だ。

「岡仲の陣屋とは何だ？」

順之介はにやっと笑った。

「岡仲にある火消したちの番屋です。我々は、そこを『陣屋』と呼んでいるんです」

元之輔は彩織と顔を見合わせた。

「どうして、おぬしたちは、町火消しの番屋なんかに出入りしているのだ？」

「忠憲が、ある日、筋違御門の広小路を通り掛かり、町奴同士の喧嘩を見て、仲間と一緒に仲裁しようと飛び込んだんです」

「どうして、忠憲様は、そんなことをなさるのかしら？」

彩織が顔をしかめた。順之介は得意げにいった。

「片方の町奴は二人、その二人を大勢の町奴たちが袋叩きしていたからです。忠憲は、それを見て、多勢に無勢はけしからん、と……」

元之輔は笑った。

「義を見てせざるは勇なきなり、だな」

「はい。結局、忠憲たちは、その二人を救い出した。その二人の町奴は町火消し加組(かぐみ)の火消し鳶だったんです」

「ほほう。それで」

「怪我をした二人を担ぎ込んだところが、岡仲町の加組の番屋だったんです。加組の組頭鉄五郎(てつごろう)は、二人から忠憲の獅子奮迅(ししふんじん)の喧嘩振りを聞いて惚れ込んだんです。喧嘩相手だった町奴は、同じ火消し一番組の、い組、よ組の火消し鳶だった。対する二人は、加組は八番組の火消したち。一番組と八番組は、昔から仲が悪い。鉄五郎親分は、二人をよくぞ救ってくれたと忠憲に感謝し、以後、忠憲とその仲間は加組の大事な客人として迎えられるようになったんです」

　元之輔は彩織と顔を見合わせた。

　忠憲が町火消しの客人として迎えられていたとは驚きだった。

「忠憲は、その加組の番屋に顔を出すようになり、仲間内で『陣屋』と呼ぶようになったんです」

「そうか。喧嘩の本陣というわけだな」

「まあ、呆れた。喧嘩をするための陣屋だなんて」

「江戸っ子の鉄五郎親分は、忠憲の意地と張りが気に入り、忠憲を客人というよりも身内の兄弟分の扱いにしていました。子分たちに忠憲の命令は、自分の命令だと思えと」

「忠憲様は、どうされました?」

「喜んで鉄五郎親分と盃まで交わして、兄弟分になっていましたよ」

「まあ、ほんとに若様には呆れたわ。武士だというのに、町火消しと仲良くなるなんて」

「忠憲は、武士を捨てて火消しになろうかな、と本気でいっていました。その方が自分に向いている、と」

「どうして、火消しがいいと?」

「命を張って燃え盛る炎に立ち向かう鳶は、男らしくて格好がいい、自分もそうなりたい、と」

「まあ。若様、本気なのかしら」

彩織はため息をついた。

元之輔は顎を撫でた。忠憲を少し見直した。忠憲は、女遊びばかりに興じているわけではなく、泰平な世の中で、命がけで何かをしたいともがいている。

彩織は訝った。

「じゃあ、忠憲様は屋敷から出ると、帰らずに、そこに行って寝泊まりしているんですね」

「…………」

順之介は喋ってしまい、まずかったかなという顔をし、また下を向いた。

田島が取りなすようにいった。

「御隠居、小腹が空きませんか。この店、旨い茶漬けがあるんです」

「そうだな。みんな、昼抜きだったろうから、茶漬けで腹拵えして、また祭り見物に出掛けることにするか」

元之輔はみんなを見回した。彩織も順之介も、勘助も房吉も異存なさそうだった。

田島が大声で仲居を呼んだ。

遠く富岡八幡宮の方から、わっしょい、わっしょい、という掛け声が聞こえてきた。

二

太陽はだいぶ西に傾き、あたりに黄昏（たそがれ）が広がりはじめていた。

富岡八幡宮の境内は、大勢の参拝者や見物客でごった返していた。広い参道には、深川の町内を渡御して来た大神輿五十三基が勢揃いしていた。

わっしょい、わっしょい。

背に「富岡八幡宮」と書かれた白い印半纏を着た担ぎ手たちは、掛け声を嗄（か）らして怒鳴り、最後の最後まで大神輿を揉んでいた。沿道の人たちも掛け声を唱和し、派手に水を浴びせ掛けていた。担ぎ手たちの白い印半纏は水に濡れ、男たちの肉体を顕（あらわ）にしている。

元之輔は興奮する群衆に紛れながら、祭りの喧騒（けんそう）に身を委ねていた。あまりに込み合っていて、身動きも出来ない。

傍らの彩織は、元之輔と離れ離れになるまいと、ぴったりと元之輔に身を寄せていた。元之輔は彩織の軀の温かみを感じ、年がいもなく心が騒いだ。

いかん、隠居の身だというのに女人に迷うとは情けない、と元之輔は心の中で自嘲した。

近くにいたはずの田島や順之介の姿が、人波の中に見えなかった。人の波は、じりじりと参道を流れて行く。後ろから押す人波の力には逆らいようがない。

わっしょい、わっしょい。

群衆は掛け声で囃し立てる。沿道の人垣から間断なく水が、元之輔や彩織にも浴びせかけられた。すでに二人とも水でびっしょりになっていた。

二人は群衆の流れに逆らわずにいるうちに、押され押されて、いつの間にか上下に激しく揉まれている大神輿の間近まで出ていた。

わっしょい、わっしょい。

目の前で、担ぎ手たちが汗だくで重い大神輿を押し上げ、下げては揉んでいる。彩織が元之輔の腕にしがみ付いた。

見覚えのある胡麻塩頭の氏子頭がいた。胡麻塩頭の氏子頭は、団扇を扇ぎ、担ぎ手たちを鼓舞していた。高橋を渡る最後尾の大神輿だった。

「この担ぎ手たちの中に、忠憲は紛れ込んでいる」

元之輔は彩織に怒鳴るようにいった。

ただし、忠憲が途中で抜けない限りだ。忠憲のことだ、きっと最後の最後まで担いでいる、と元之輔は思った。

彩織が訊いた。

「どこに？」

「どこかにいる」

担ぎ手たちは、いずれも白い印半纏姿で、激しく動いているので、なかなか忠憲の姿を判別出来なかった。

わっしょい、わっしょい。

大神輿は氏子たちの掛け声と一緒に、じりじりと右に回りはじめた。胡麻塩頭の氏子頭の指揮で、大神輿は向きを変え、八幡宮の本殿に向けられようとしている。担ぎ手たちが大神輿を押し上げ、人波が大きく右回りを始めた。

元之輔は担ぎ手たちの人波に漂う髷に目を凝らした。いろいろな町人髷がある中に、武家の髷も紛れ込んでいる。

担ぎ手たちが大神輿を担ぎながら回ると、人込みの中に見覚えのある髷があった。忠憲の髷だ。忠憲は担ぎ手となって人波の中にいる。ちらりと横顔が見えた。特徴のある黒い眉、目鼻は忠憲だった。

「いた！　あそこだ！」

元之輔は傍の彩織に叫び、担ぎ手たちの人波の中に揺れる髷を指差した。

「どこ！」

彩織が元之輔の傍らで伸び上がった。彩織の高島田が元之輔の顔を撫でた。彩織の髪の芳しい匂いが元之輔の鼻孔をくすぐった。彩織の水に濡れた顔に、ほつれ毛が張りついている。

元之輔は忠憲のことを忘れ、思わず彩織の成熟した女の放つ色気に呑まれた。

「……どこ?」

彩織は元之輔の視線を感じて振り向いた。大きな黒い瞳が、まじまじと元之輔の顔を覗いた。

あたりの喧騒が聞こえなくなった。周囲の動きが止まり、彩織の美しい顔だけが目の前にあった。彩織の瞳が何か問いかけるように、元之輔を見た。それも一瞬だった。

元之輔は気を取り直し、担ぎ手たちの人波に目を向けた。

「あそこ、あの武家髷」

元之輔は人波に紛れそうになる忠憲の髷を指差した。彩織は元之輔が指差す方角に目をやった。

「あ、ほんと。若様がいた」

彩織は嬉しそうに飛び上がり、人波に手を振った。

「忠憲さまあ」

元之輔は子どものようにはしゃぐ彩織に心が和んだ。愛しいと思った。その時、首筋に刺すような強い視線を感じた。思わず首を回して振り向いた。

視線の元を見た。見物客の中に白い着物を着流した瘦身(そうしん)の侍が立っていた。瘦(こ)けた頰に異様に大きな目がぎらついている。元之輔は背筋に怖気(おぞけ)が走るのを覚えた。人を何人も斬った目だ。次の獲物を前にして、その目が笑っている。侍の目は元之輔ではなく、彩織を見ていた。

おのれ。それは許さぬ。

元之輔が睨み返した。侍は元之輔の気配に気付き、さっと目を外して後ろを向いた。周りにいた黒い着物姿の侍たちが、一斉に白い着物の侍を囲むように動き出した。

白い着物の侍は一人ではなかった。黒い着物姿の侍たちが一緒だ。

しかし、なぜ、彩織を狙う?

元之輔は、野次馬の人波の中に消えて行く白い着物の侍と黒い着物の侍の一団を見送りながら考えた。

いまごろになって、気付いたことがあった。彩織が房吉と一緒に元之輔のところに駆け付けた時、彩織たちの後ろの人込みに、白い着物を着流した侍の姿があった。その時、黒い着物を着流した侍たちもいたような気がする。

侍達は、最初から彩織をつけていたのか。

なぜ、彩織を狙う? いや、彩織を狙ってではない。彩織を狙うなら、我々と合流する前に、彩織を襲っていたはずだ。

彩織を襲わず、彩織を泳がせて尾行していたとしたら、侍たちの本当の狙いは、忠憲? きっとそうに違いない。彼らは彩織が忠憲付きの御女中だと知っている。だから、彩織をつければ、必ず忠憲に辿り着くと読んだ?

「御隠居様、いかがいたしました?」

彩織が上気した顔で元之輔を見た。

「いや、なんでもない」

元之輔は、笑ってごまかした。

目の前の大神輿は、最後の締めに、担ぎ手たちによって高々と担ぎ上げられた。氏子たちの人波から歓声が上がった。

大神輿は静かに台の上に下ろされた。担ぎ手たちの人波が左右に割れて、神主が大神輿の前に静々と進み出た。神主は厳かに祝詞を唱え、三回、拍子木を打ちならした。氏子たちは大歓声を上げた。周囲の観客たちが何度も何度も祭りを祝って歓声を上げた。

「あ、若様が」

彩織が指差した。元之輔は担ぎ終わった氏子たちの人波に目をやった。担ぎ手たちは、互いに肩を組んだり、互いの肩を叩き合い、健闘を称え、労い合っていた。忠憲は、そういう一団の中にいた。

「彩織、忠憲はあの仲間たちと一緒に祭りの終わりを楽しんでいる。いま、いくらいっても、戻って来ない。しばらく放っておこう。そのうち、忠憲は、必ず屋敷に戻って来よう」

「そうですね。元気なお姿だと分かっただけでもいいですね」

彩織は微笑み、納得したようにうなずいた。

人込みを掻き分けながら、田島が現われた。後ろに順之介の姿もあった。

「御隠居、彩織様、ここに御出ででしたか。途中ではぐれてしまい、探すのに難渋しました」

順之介が腫れた顔を歪めて笑った。

「忠憲、いましたね。町奴の仲間と一緒になって神輿を担いでいた」

「うむ。見た。寝込んでいた時の忠憲と、見違えるほど元気に担いでおった。祭りは人を元気にさせる。若者を生き生きさせる。羨ましい限りだ」

元之輔は己れの老いを感じながらいった。

彩織は元之輔に、そっと触れながら、ちらりと流し目をした。

「いえいえ、大神輿を見ていた御隠居様も、若かったですよ。まだまだ男だなと思いました」

「………」

元之輔は頭に手をやった。

そうか、彩織は大神輿が目の前で揉んでいた時、元之輔が彩織に見とれていたのに気付いていたのか。

分かっていましたよ。

彩織は軽く元之輔を睨んだ。

勘助と房吉が人込みの中から現われた。

「御隠居、これで、みんな揃いました」

「この分では船は捉まらぬ。みんなで、のんびり歩いて帰るとするか」

元之輔は、ぞろぞろと永代橋(えいたいばし)や両国橋に向かって歩く人の群れを見ながら言った。

太陽は西に沈み、黄昏があたりに広がっていた。

八幡宮の境内には篝火(かがりび)が何本も焚かれて、木々の影を濃くしていた。祭り太鼓は、まだ境内に響いていた。だが、もう掛け声は聞こえない。

元之輔は祭りの余韻が残る深川の街をゆっくりと歩き出した。

三

翌日は、朝から雨だった。

祭りの後の本所深川の街は、気が抜けたようだった。

元之輔は、なにはともあれ、若狭小松藩下屋敷に彩織を訪ねねばならない。御隠居用心棒として、彩織を守り、ひいては忠憲を守る。

竪川の掘割の船着場で、猪牙舟に乗り込み、番傘を差す。船頭に行き先を告げ、元之輔は行く手の雨を睨んだ。

昨日、彩織に刺すような視線を向けていた白着物の痩身の侍を思い出した。あの侍は扮装風体からして浪人者だった。

彩織を見ていたのは、白着物の侍だけではなかった。ほかに黒着物の侍たちが数人いた。少なくても五人、いやもっと多かったかも知れない。

白着物の侍だけは総髪の頭頂で髪を結んだだけの頭だったが、ほかの侍は全員が、きちんと月代（さかやき）を剃り、丁髷（ちょんまげ）を結っていた。扮装風体から見て、どこかの藩の武士たちだった。

いったい、何者だというのか。なぜ、彩織を狙う？

やはり、彩織から、狙われる事情を聞かねばなるまい。

元之輔は舟に揺られながら、あれこれと物思いに耽った。

猪牙舟は荒れる大川を横切り、神田川の河口に入って行った。神田川の流れは泥に濁っていた。やがて船頭は猪牙舟を浅草橋の船着場に横付けした。

元之輔は舟を下り、船頭に船賃を渡して岸に上がった。降りしきる雨の中、番傘を差したまま歩き出した。

若狭小松藩下屋敷の甍（いらか）は雨に濡れ、武家門は静まり返っていた。元之輔は番傘を打つ雨滴の音を聴きながら、下屋敷の門前を見回した。通りには番傘を差した武士や尻っ端折りした町人の走る姿があったが、ほかに不審な人影はなかった。

元之輔は門前に立ち、通用口の戸を叩いた。門番が中から顔を出した。彩織の名を出すと、門番は「どうぞ」と戸を開けた。

元之輔は傘を畳んで、下屋敷の玄関先に足を進めた。顔見知りになった御女中が現われ、元之輔は控えの間に案内された。

控えの間に現われた彩織は、元之輔の顔を見るなり、悲しそうに顔をしかめた。

「若様は、まだお戻りになっていません」

「気長に待とう。焦っても仕方がない」

元之輔は彩織を慰め、大刀と小刀を彩織に預けた。彩織は床の間の刀掛けに刀を掛けた。

元之輔は立って障子戸を開いた。雨に濡れそぼった庭先が見えた。先刻よりも、いくぶんか小雨になっている。湿った風が部屋に入って来る。

先程の御女中が盆に載せて、茶や茶菓子を運んで来た。彩織の前に置いて、引き下がった。

元之輔は座布団に戻り、胡坐をかいた。

「許せ。膝を崩す」

「どうぞ、ごゆるりとなさってください」

彩織は微笑んだ。いい笑顔だった。元之輔は、心が綻んだ。年老いても若い女を前にすると、気持ちが弾む。

「お茶をどうぞ」

「うむ」

元之輔は湯呑み茶碗を取り上げ、一口飲んだ。

「この機会だ。彩織に、ぜひ、訊いておきたいことがいくつかある」

「はい。なんでございましょう？」

彩織は正座し、膝に両手を置いていた。

「実はな、昨日、こんなことがあってな」

元之輔は祭りの人込みに、彩織を見ていた痩身の侍たちの話をした。

彩織は困惑したが、すぐに責める口調になった。

「どうして、その時、教えてくださらなかったのです？　見覚えのある侍なら、すぐに申し上げたのに」

「あの騒ぎの中だ。彩織も担ぎ手たちの中に混じった忠憲に気を取られておったからな」

「でも……」

「わしの思い過ごしかも知れぬが、あの瘦身の侍がおぬしを見つめる視線には、ただならぬものがあった」

「………」

彩織は黙った。

元之輔は殺気があったとまでは言わなかった。彩織を必要以上に恐がらせることはない。

「おぬし、誰かに狙われるような心当たりはないか？」

「ありませぬ」

彩織はきっぱりと言った。

「ならばいい。わしの勘違いかも知れぬ」

そう言ったものの、白着物を着流した侍は、間違いなく彩織を睨んでいた。

元之輔は茶を啜った。

「でも、その白着物の侍は、なぜ、私を見ていたのでしょう？」

「……わしが思うに、あやつらは、おぬしを見張っておったのかも知れぬ」

「おぬしが忠憲付きの御女中と知ってのことだろう。おぬしを監視していれば、必ず忠憲に辿り着く。つまり、おぬしを泳がせておけば、忠憲の居場所が分かる」

「ということは、若様のお命を狙っているということですか」

「おそらく」

元之輔は空になった茶碗を盆に戻した。彩織は無言のまま、急須のお茶を湯呑み茶碗に注いだ。

元之輔は腕組みをした。

「少々、酒井家の兄弟間の事情を聞かせてくれぬか？　話せる範囲でいい」

「どういうことでしょうか？」

彩織は訝った。元之輔は直接にいった。

「兄弟仲は、いいのか？」

「はい。仲はいいと思いますが……」

彩織は少し口籠もった。

「わしが居た羽前長坂藩では、当主の倅たちの仲が悪くてな。跡目をめぐって御家騒動にもなりかねないことがあった」

「そうですか」

「特に異母兄弟というのは、往々にして仲が悪い。酒井家は、どうかな、と思うてな」

「……実は、こんなことを申してはいけないのかも知れないのですが、長男忠靖様と次男忠義様とが、少々仲がお悪いと聞いています」

「ほほう。正室と側室の間の子同士ではよくあることだが」

長男忠靖は、正室静香の子であり、次男忠義は側室麻紀の子だ。正室も側室も当主の酒井忠康をめぐって、確執がある。女としての誇りや嫉妬をなくせと言っても無理なことだろう。

「忠靖様も忠義様も、お母様たちの気持ちを察して、どうしても仲があまりいいとは言えませんでした」

「うむ。そうだろうな」

元之輔はうなずいた。

おそらく正室と側室は、当主忠康をめぐって争った。正室は三男忠信を、側室は四男忠道を競うように産んだ。

「でも、その正室と側室の仲違い(なかたが)いは、忠康様が御女中のお志乃様にお手を付けられてから、解消しました」

「そうか。正室側室双方の共通の敵が現われたということか」

「まあ、お志乃様が敵だなんて」

彩織は顔をしかめた。元之輔は話を続けるように促した。

「それで?」

「側女のお志乃様は美しくお若かったこともあって、嫉妬なさった正室、側室から何かと……」

彩織は言葉を濁した。元之輔は察した。

「双方の奥方から嫌がらせを受けたのだろう?」

「……それと知った忠康様は、一層、お志乃様をご寵愛なさったそうです」

「……そうか。彩織は、そのころ、まだ奥に上がっていなかったのだな」

「はい。私はまだまだ下の方に居りましたので、噂しかお聞きしていません」

元之輔はうなずいた。

「それで兄弟仲は、どうだったのかな」

「詳しくは知りません」

彩織は頭を左右に振った。元之輔はいった。

「いま、どういう状態にある？　おぬしが知っていることだけでいい。話してくれ」

「三男忠信様は、若様を可愛がっておられます。ご自分に似ているとして、若様が文武に精進するようにと励ましておられました」

「そうか。ほかには？」

「次男忠義様と四男忠道様は、若様を軽んじています」

「ほう。どうしてかな」

「忠道様は部屋住みの身ですが、家中の評判がいま一つよくないこともあって、まだどこからも養子の話が来ていないのです」

「それで？」

「……忠憲様には、いくつか養子縁組の話が来ているのです。それで、実兄の忠義様が忠道様のことを心配なさっておられるのです。なぜ、養子縁組の話が若様ばかりに来るのか、と立腹なさっておられるそうなのです」

「ふうむ。仕方がないのう」

「きっと忠義様は、若様を正式な奥方ではなく、お手がついた側女から生まれた子だ、そんな分際で、と思っておられるのでしょう」

彩織の言葉には忠義や忠道に対する反発が混じっていた。

「だが、忠道は忠憲と松平蔵之介の喧嘩の仲裁役を買って出たではないか。きっと忠道は弟忠憲の身を案じて、仲に立ったのではないか」

「……私は忠道様を信じていません。普段、家中の者たちに、いろいろ若様を貶めることを言っていて、突然に弟思いになり、喧嘩の仲裁をなさるなんて……何か裏があると思っています」

彩織は不信感を顕にしていた。

「肝心の忠憲は、なんと申しておるのだ?」

「若様からお兄様たちの悪口を聞いたことがありません。若様は、お兄様たちから何を言われても、無視なさっておられます」

「無視しておるのか」

元之輔は唸った。

「はい。でも、若様の心の中は分かりません」

「なぜ、そう思うのだ?」

彩織は言おうか言うまいか、少し迷ったようだった。

「私が御家老様から言われて、ある地方藩の藩主の養子縁組の話を若様にお伝えしたのです。そうしたら、兄の忠道様のところへ持って行けとお叱りになった。兄よりも先に自分がどこかの藩主の養子に行くことは出来ん、と」

「ほう。そんな兄思いの殊勝なことをいうのか、感心だな」

「私も、一時感心しました。でも、その後、なんと言ったと思います?」

彩織は呆れた顔付きになった。

「それがしはまだまだ遊んでいたい。吉原や深川の岡場所で女遊びがしたい。料亭に芸者を呼んで、どんちゃん騒ぎがしたい、ですよ」

「ははは。やんちゃ坊主だな」

元之輔は笑った。

「それを聞いた御家老は、まだまだ若様には養子縁組なんかの話は無理ですなあって呆れておりました」

「それは、いつの話だ?」

「去年の夏、若様は元服したばかりの十六歳です」

「大人の世界に一歩踏み出したころだな」

「そうです。まだ、そのころは私たちの言うことをよく聞く、素直で、優しい若者でした」

「君子豹変し、手のつけられぬ暴れん坊になるか」

元之輔は笑いながら、茶を飲んだ。彩織は静かにお茶を飲んでからいった。

「……それにしても、若様はお可哀想なお方なんです」

「どうして可哀想なのだ？」

「若様は、ある時、しみじみと話されたことがあるんです。どうして、母上は父上の正式な妻ではなく側女に甘んじていたのか、と」

「ほう。それは、いつのことだ？」

「それも、去年の夏のことです。お母様が亡くなられてから五年目でした」

「どうして、忠憲は急に母親を思い出したのか？　何かきっかけがあったのではないか？」

「ええ。それというのも、花見の宴で若様はある姫君を見初めたのです」

「ほほう。見初めたか。で、その姫君はどんな御方だったのだ？」

「若様よりも、五つほど年上の姫でした」

「二十一、二歳か。そのくらいの歳の差なら、なんの問題もないだろう。年上女房というのは、いくらでもおるが」

彩織は得心したように微笑んだ。

「でも、大きな問題があったのです。その姫君は、忠靖様の許婚（いいなずけ）だったのです」

「そうか。可哀想だが、それは実らぬ恋だのう。長兄忠靖は、そのことを存じておるのか？」

「おそらく知っておられます。その姫君が忠靖様に、それとなく、若様が言い寄って来たことを、お話しなさったようですから」

「ははは。長兄の許嫁とは知らず、忠憲は言い寄ったのか。しかし、どうして忠憲は、よりによって、その姫君を見初めたのかな。その姫君とは、どんな方だったのだ？」

　彩織はうなずいた。

「それなのです。姫君はお優しくて美しく、若様にとって亡くなったお母様のように見えたのでしょう。私にそう洩らしていましたから」

　元之輔は思い出した。

　忠憲がわずか十一歳という稚い時に、母のお志乃は亡くなっている。忠憲にとって、母の美しい面影や優しさは忘れがたく、心に深く記憶されていたであろう。その母に似た面影の優しい姫君を一目見て、忠憲は恋に落ちたのだろう。だが、その姫君が長兄の許婚だったと分かり、忠憲は衝撃を受けたに違いない。

「で、忠憲はどうした？」

「はい。若様は長兄の許婚だと分かると、熱を出し、寝込んでしまいました。三日というもの、ほとんど何も食べずに……」

元之輔は笑い、頭を振った。

「ふむ。恋煩(こいわずら)いだな。若い年頃に、一度は罹る、はしかのようなものだ」

彩織が大きな目を見開いた。

「御隠居様も、お若いころに恋煩いに罹られたのですか」

「恥ずかしながら、わしも二、三日寝込んだように思う。いまとなっては、いい思い出だ。二度と、あんな気持ちにはなれん」

元之輔は腕組みをし、目を瞑った。十五歳のころ、在所の長坂で見初めた農家の娘を思い出した。野菊のような素朴な娘だった。

「………」

元之輔ははっとして我に返った。目の前に彩織の笑顔があった。大きな黒い瞳が興味深そうに元之輔の顔を見ていた。

元之輔は慌てて取り繕うようにいった。

「忠憲は、大人になるにつれ、亡くなった母への思慕が深まったのだろうな。母に似た女子に憧れるようになる」

「そうなのでしょうね。若様はお母様を思うあまり、お父様にひどく反発するようになっていましたから」

「御上は心を痛めております。御上がいくら若様を呼び付けて叱っても、若様は馬耳東風で、言うことを聞かず、また喧嘩や悪さをなさる。このままでは、若様はろくな人間になれない。いまのうちにまともな人間にしないといけないと心配なさっておられるのです」

「忠憲は親に反抗する年頃だからな。少し大目に見てやらんと」

彩織はため息をついていった。

「それで御隠居様に若様のことをお願いしたわけです」

元之輔はまた腕組みをした。

忠憲の心境を思った。おそらく忠憲は母を側女としただけで正妻にしなかった父忠康に反発したのではないか。だが、忠憲は頭のいい少年だから、父忠康の立場もよく分かっていたに違いない。

だから、父への愛憎半ばする感情を抑えて過ごすうちに、何かのきっかけで、どうしても、その鬱屈を御することが出来なくなって暴走を始めた。それが、いまの忠憲の姿なのに違いない。

元之輔はため息をついた。

どうやって忠憲の荒ぶる心を和ませ、暴走を止めることが出来るのか？

　彩織の声が聞こえた。

「……その若様を、ぜひ、当家の養子に迎えたいというお話が、今度は上から舞い込んだのです」

　元之輔は閉じていた目を開けた。彩織は困った顔をしていた。

「上からだと？」

「はい。幕閣から、ぜひ、この養子縁組をまとめよ、と御上に要請があったのです」

「どうして幕閣から話が来たのだ？」

「おそらく幕府要路の忠信様の差し金だと思います。忠信様は賢い若様を稚いころから、たいへん買っていて、このまま部屋住みにしておくのは惜しい。自分と同じように、若様をどこかの藩主に就け、経験を積ませる。そして、いずれかの日に召し上げて、幕府要路に就けようとお考えなのです」

　三男忠信は聡明さを買われ、越後のある小藩の養子に迎えられた。藩主になってまもなく、幕閣から召し上げられ、幕府要路の評定所参与の役にある。

「畏れ入ったな。忠憲はまだ若いのに、幕閣から、将来を嘱望(しょくぼう)されているというのか」

「はい。忠憲様は稚いころから学問所に通い、優秀な成績を修め、先生方から注目された。その一方で武芸の修行も積んでいた。実兄の忠信様が若様の才能を高く買って幕閣たちに売り込んだのでしょう」

「それで、忠憲を養子に迎えようというのは、どちらの藩だ？」

「ここだけのお話にお願いします。常陸国山中(ひたちのくにやまなか)藩です」

元之輔は思い出した。

江戸家老のころに、山中藩の江戸家老と城中で何度か話したことがある。

常陸山中藩五万石、親藩。

「常陸山中藩の関(せき)家だな？」

「はい。よくご存知で」

「存じておるが……」

元之輔は唸った。

常陸山中藩当主の関家は、跡取りをめぐって御家騒動を抱えていた。はたして、あの騒動は収まったのだろうか。

彩織は続けた。

「老中堀田(ほった)様の仲介で、関家の御使者が酒井家を訪ね、御家老と相談なさった。御家老は忠道様を紹介なさろうとしたら、関家の御使者は五男の忠憲様をお願いしたい、と逆に指名なさったそうなのです」

御家老は、先に、もう忠憲の面倒は見ないと呆れていた。

「御家老は、なんと申した？」

「御家老は、五男の忠憲様は手がつけられない暴れん坊なので、四男忠道様の方をお勧めしますと。ところが、御使者の方は、あくまで忠憲様をお願いしたい、と言って聞かなかったそうなのです」

彩織は笑いを抑えていった。

「おそらく兄の忠信様が老中堀田様に五男忠憲様は、有能な人材だから、と吹き込んだのでしょう。御家老もやむなく、若様を御使者に紹介したんです」

「忠憲は御使者に面会したのか？」

「はい。お会いになったにはなったんですが……」

彩織は袖で口元を隠して笑った。

「若様は挨拶代わり、と叫ぶと、いきなり手にした木刀で御使者に打ち掛かったのです。驚いた御使者は木刀を躱(かわ)して飛び退いた」

「彩織は、その場におったのか」

「はい。面白うございました」

「それから、どうなったのだ？」

「御使者はかなりの手練で、若様が二の太刀を打ち込もうとしたら、いきなり足元の座布団を蹴り上げ、若様の顔にぶつけたのです」

「それから？」

「若様は一瞬たじろいだのです。そしたら、御使者は若様の足元の畳に滑り込み、若様の足を払った。若様は堪らず、ひっくり返って尻餅をついた。すかさず、御使者は若様に飛び掛かり、若様の木刀をもぎ取り、若様の首に木刀をあて、圧し殺した声で『御戯れを』と」

「ほう。本物の手練だな」

「これで養子縁組の話はなくなった、と思ったのです。御使者も木刀を若様にお返しすると、憤然としてお帰りになった」

「それは怒るだろうな。で、忠憲はどうした？」

「若様は苦笑いしてました。若様は悪怯れることもなく、これでいいんだ。これでご破算になる、と嘯いていたのです」

「忠憲は、なぜ、そんな無茶をしたのかな？　断りたかったら、ちゃんと断ればいい」

元之輔は首を傾げた。

「私たちも、そう思ったのです。これで終わったと。ところが、一月もしないうちに、また同じ御使者が御出でになって、先日お願いした婿養子の件、ぜひとも忠憲様にお引き受けくださりますよう、と再度申し入れがあったのです」

「ほほう。山中藩もしつこいな。どうして、忠憲に固執するのかな？」

「分かりません。御家老も驚いていました。あんな目に遭っても、忠憲様を婿養子にしたい、とは奇特な、と」

「で、肝心の忠憲はなんと言っている？」

彩織は顔を左右に振った。

「まだ、若様とはお話ししていません。屋敷にお帰りにならないので、ちゃんとお話をする機会もありませんので。帰っておいでになったと思ったら、お怪我していて、うんうん唸っておられる。とても、婿養子の話など出来る状態ではありません。そして元気になったと思ったら、また飛び出して神輿を担いでいる。どうやって、お話ししたらいいのか……」

彩織は困った顔でうつむいた。

元之輔はいった。

「では、手紙を書いたらどうかな。返事も手紙で貰えばいい」

彩織の顔が急に明るくなった。

「そうですね。手紙なら、用件もすべてお伝え出来る。分かりました。そうしてみます」

彩織は大きくうなずいた。だが、彩織の顔は、あまり嬉しそうではなかった。

彩織は思い切ったようにいった。

「御隠居様、こんなことを願ってはいけない、とは思うのですが、若様に、この婿養子の縁談を断ってほしい、と思うんです。いけないでしょうか？」

彩織は真剣な面持ちだった。元之輔は首を傾げた。

「どうして、忠憲に縁談を断ってほしい、と思うのかな？」

「なんとなく嫌なんです。出来れば、お兄様の忠道様が行けばいい、と」

元之輔は彩織の寂しげな顔を見て悟った。

彩織は忠憲に思いを寄せているのか。彩織は忠憲よりも年上だが、三、四歳の差だ。

「彩織、分かった。婿養子の縁談だからだろう？」

婿養子に迎えられるということは、ただの養子縁組ではない。関家にいる二人の姫君のどちらかに婿入りすることだ。

「いえ、違います。婿養子だからではありません」

彩織の顔は真っ赤になっていた。やはり恋する女の顔だった。

「では、どうしてだ？」

「なんとなく嫌な予感がするんです」

「嫌な予感？」

「忠憲様に何か不吉なことが起こるような気がしてならないんです」

「うむ」

元之輔は困惑した。どう答えたらいいのか、と弱った。女の勘を馬鹿には出来ない。しばしば当たることがある。かといって女の勘を鵜呑みにも出来ない。

「御免なさい。忘れてください。私の予感なんか無視してください。取り消します。ともかく、若様にお手紙書いてみます」

彩織は無理に笑顔を作った。元之輔には、それが泣き笑いに見えた。

庭に目をやった。いつの間にか、雨はやんでいた。庭の木々から蟬の声が響きはじめていた。

四

元之輔は彩織と連れ添い、神田川沿いの道をゆっくりと歩いた。神田川はいつもよりも水嵩が増していた。土気色の流れには、木の葉や枝木が混じっていた。

雨雲はどんよりと垂れ込め、いまにもまた雨が降りそうな気配だった。

元之輔は掌を広げた。掌にぽつり、ぽつりと雨滴が落ちて来る。

「また雨が」

元之輔は小脇に抱えていた番傘を開いて、彩織の上に差した。彩織は恥じらうように身を捩(よじ)り、傘の下から出ようとした。

「いいではないか。わしとの相合傘は恥ずかしいか」

「……いえ。でも……」

彩織はちらりと元之輔を見上げた。

雨が急に強く降り出した。彩織はすぐに傘の下に戻り、元之輔に身を寄せた。

ちくしょうめ。……ざけやがって。

尻っ端折りした若い男が嫉妬の言葉を吐きながら、元之輔と彩織の脇を駆け抜けた。

男は振り返り振り返りしている。

「まあ。面白いこと。……悔しかったら、誰かと相合傘をすればいいのに」

彩織は笑い、元之輔の視線に気付くと、慌てて下を向いた。

元之輔は相合傘なんぞ、何年ぶりだろうか、と思った。奥のお絹と相合傘をして以来のことだ。

いい気分だ。傘の下で彩織と寄り添って歩く。いくぶんか若返った気持ちがする。

向かい側から、雨に打たれてびしょ濡れになった侍たちが歩いて来た。彼らも無遠慮に元之輔と彩織の相合傘をじろじろと見たが、慌てて顔を背けてすれ違った。

元之輔ははてと立ち止まり、振り返った。

五人の侍たちは振り返りもせず、無言のまま足を早めた。彩織は怪訝な顔をした。

「あの人たち、どこかで見かけたような気がします」

「そうだ思い出した。あやつら深川祭りにいた連中だ。見覚えがある。沿道の雑踏の中から、おぬしをじっと見ていた男たちだ」

「え。私を？」

あの白着物の浪人者と一緒にいた侍たちだ。

彩織は思案顔になった。

「……私、考えてみれば、あの侍たちに見覚えがあります。私が若様にご一緒し、お志乃様の墓前にお参りをしていた時、現われた侍たちです。御隠居様、追いましょう」

元之輔は彩織の腕を摑んで引き止めた。

「遅い。あやつらは船に乗る」

侍たちは浅草橋の袂で、船着場に降りて行く。船着場に屋根船の屋根が見えた。やがて侍たちを乗せた屋根船が川に乗り出して行った。

「いったい、どこの御家中でしょう?」

「分からぬ。田島に調べさせよう」

元之輔は、再び相合傘で彩織と連れ立って歩き出した。

元之輔は歩きながら、白着物を着流した痩身の異形な顔の侍を思い出した。只の素浪人ではない。腕を買われた刺客ではないか。

道の先に筋違御門の橋が見えて来た。

右手の町屋街が岡仲町だった。大塚順之介の話では、岡仲の『陣屋』がある町屋街だ。

一軒の町屋の玄関先に数人の町奴たちが屯していた。町奴たちは元之輔たちの相合傘を指差し、こそこそと言い合っていた。おそらく嫉妬まじりの陰口に違いない。

元之輔は相合傘のまま、町奴に歩み寄った。町奴たちは悪口を聞かれたか、とこそこそと身を隠そうとした。

「おぬしたち、加組の者か？」

「へい。そうでやす」

町奴の一人がばつの悪そうな顔で答えた。

「では、この家が加組の番屋かな」

「へい」

玄関先に「加組番屋」の看板がかかっていた。玄関の上がり框の脇に、唐人笠に駒形の纏が飾られていた。玄関の壁には、鳶口や分厚い刺し子の半纏、猫頭巾などが掛けられている。火事があったら、いつでも纏を持って出動出来るようになっている。

「組頭の鉄五郎親分はおられるか？」

「親分のお知り合いで？」

「いや、わしたちは忠憲の身内の者だ。忠憲がお世話になっているそうだな。それで、挨拶に参った」

元之輔は、厳かにいった。

町奴たちは顔を見合わせた。そのうちの一人が慌てて返事をした。

「へい。おりやす。少々、お待ちください。おい、誰か、親分にお伝えしろ。客人が御出でになったとな」

若い者が慌てて玄関の中に駆け込んだ。

玄関先に屯していた町奴たちは、親分が出て来ると知ると、慌てて雨の中に飛び出して行った。

「さ、どうぞ、こちらにお入りください。そこでは、雨に濡れますんで」

先の若い町奴が、元之輔と彩織に腰を折って玄関の中に入るように促した。

元之輔は番傘を畳み、彩織と一緒に玄関の三和土（たたき）に入った。彩織は手拭いで、元之輔の雨に濡れた着物の裾や肩を急いで拭った。

「うむ。ありがとう」

元之輔は小声で礼をいった。

彩織は自分の着物の裾や袖を手拭いで拭った。廊下の奥から、足音が響き、若い者を従えた壮年の男が現われた。いかにも、火消したちを率いる風格のある男だった。

男は、さっと着物の裾を折り、上がり框に正座した。

「あっしが、加組の組頭の鉄五郎でございます。お見知りおきください」

「お初にお目にかかる。わしは……」

元之輔が名乗ろうとした時、彩織は元之輔を手で制し、先に名乗った。

「私は酒井忠憲様の御傍役を務める彩織と申します。そして、こちらの御隠居様は、忠憲様の守役にございます」

「さよう。わしは、桑原元之輔と申す。お見知りおきくだされ」

鉄五郎は、きりっとした御女中の彩織と、守役の隠居元之輔の取り合せに、少々面食らった顔をしていた。

「それで、どのようなご用件でございますか」

彩織が声を張り上げて答えた。奥に忠憲が居たら聞こえるように。

「忠憲様がこちらにお邪魔して、お世話になっているとお聞きして参りました。忠憲様は、居られますでしょうか」

彩織はちらちらと廊下の奥を窺った。

「忠憲さんは、こちらには居られません」

鉄五郎は彩織の仕草を見ながらいった。

「若様は本当にこちらに居られないのですか？」

「はい。いまは居ません」

彩織は困った顔をした。

「いつお帰りになりますか？」

「いつなのか、は分かりかねます。こちらには、このところ、御出でにならないので」

「ほんとですか？」

「はい。嘘は申しません」

鉄五郎は笑みを浮かべた。彩織は元之輔と顔を見合わせた。鉄五郎は静かにいった。

「何か事情がおありのようですな。ここでは、話も出来ませんでしょうから、お上がりになりませんか。座敷でお話を伺いましょう」

鉄五郎は傍らにいる若い者に手拭いを持って来るように命じた。若い者は廊下の奥に急ぎ足で消えた。

彩織は戸惑った顔になった。

元之輔は彩織の代わりにいった。

「かたじけない。実は忠憲様は、深川祭りの終わった後も、まだ下屋敷に戻って来ないのでござる。おそらくまだ祭りの仲間とつるんで、深川の街をうろついているのでござろう。もしかして、親分が忠憲様の居場所をご存知ではないか、と思ってお訪ねいたした次第」

「さようですか。心当たりがないことはありません。まあ、お二人とも、足をお拭きになって、上がってください。お話は、それからに」

若い者が雑巾を手に戻って来た。元之輔と彩織は手拭いで足の汚れを拭い、上がり框に上がった。

「どうぞ、こちらへ」

鉄五郎は廊下を先に立って歩いた。元之輔と彩織は、それとなく番屋の中を見ながら、廊下を歩いた。どの部屋も、がらんとして人けがなく、忠憲のいる気配はなかった。

五

「そうですか。それは忠憲さんの御傍役としては、さぞ心配なことでしょう」

客間に正座した鉄五郎は腕組みをしてうなずいた。

「お茶をどうぞ。粗茶ですが」

お内儀が元之輔と彩織にお茶を差し出した。

「かたじけない」

「ありがとうございます」

お内儀は微笑むと、静かに座敷を下がった。

鉄五郎は笑いながら言った。

「しかし、忠憲さんも若い男でございますからな。吉原や深川の岡場所に通うのは、いた仕方ないことと、大目に見てあげないと」

彩織は消え入るような声でいった。

「……私は御上から厳しく言われております。若様が吉原や深川の遊廓に入り浸り、変な女にうつつを抜かすことになると、酒井家の恥を晒すことになる、と。なんとしても、そういう事態になる前に、若様を連れ戻すように言われております……」

元之輔が彩織の代わりに訊いた。

「若君は、深川に懇ろになった遊女が居るのでしょうか?」

「あっしが聞く限りでは、女は居ないようですな」

「……ほんとですか。よかった」

彩織が顔を赤らめていった。

鉄五郎はうなずいた。

「あっしが、こんなことをいってしまってはいけないかも知れないのですが、忠憲さんが吉原や岡場所に遊びに行くのは、友達のためもあってのことらしいですよ」

元之輔は訝った。

「どういうことですかな？」

「親しい友達の一人が、女のことで困っているらしいのです。その男には、将来一緒になろうと誓い合った幼なじみの娘がいた。ところが、その娘の家は貧乏で、親や妹弟を飢えさせぬため、娘は自ら進んで遊廓に身売りしてしまったそうなのです」

「…………」

元之輔は彩織と顔を見合わせた。

「その友は、娘が忘れられず、吉原や岡場所を探し回ろうとしたが、探す手立てのお金がない。友の窮状を聞いた忠憲さんは同情したが、部屋住みの身で、やはりお金がない。そこで、友を助ける妙案が浮かんだ」

「……頼母子講ですな」

元之輔はいった。鉄五郎はうなずいた。

「そうなんです。それで仲間たちから、少しずつ金を集めた。少しでも講の成員が多ければ、大金になる。それを、その友に渡した。ところが、そいつはこれまで岡場所なんぞ覗いたこともない。それに大金をどう遣ったらいいものかが分からない。それで忠憲さんは、そいつと一緒に岡場所を訪ねることにした。これが忠憲さんが岡場所通いが始まった理由なんだそうですよ」

元之輔は鉄五郎の話を聞いて、いくつかの疑惑や疑問が解けるのを覚えた。

「その友というのは、御家人の大塚順之介でござるな」

「ご存知でしたか」

鉄五郎はうなずいた。元之輔は、なぞが繋がったと思った。

「そして、順之介が探している娘の名はお篠ですな」

「そうです。忠憲さんは順之介さんに同情して、お篠さん探しをしていました。忠憲さんにいわせると、お篠という名は、死んだ母親の名前と同じ読みだそうで、母親が、ぜひ探してあげてといっているような気がしたといってましたね」

彩織が哀しげな顔をした。

「そうでしたか。若様、お母様の名前だったから、余計、順之介さんのためだけでなく、お篠さんを探したのですね」

元之輔はうなずいた。

「忠憲様は、順之介と一緒に吉原に乗り込んだものの、お篠は見つからず、三日も粘ったが、その間に、虎の子の金を盗まれてしまった。金の都合がつかず、首代たちに捕まって、半殺しにされた」

「そうでしたか。それは気の毒な。いったい、どうして、そんなことに?」

元之輔は、吉原で、忠憲たちの身に起こった顚末を話した。鉄五郎は聞き終わると言った。

「忠憲さんは、なぜ、あっしのところに助けを求めなかったんですかねえ。あっしらが忠憲さんの窮状を聞いたら、すぐに金を作って駆け付けたでしょうに。そこに忠憲さんの人には迷惑をかけねえ、という侍の矜持があるんでしょうな。忠憲さんらしいと言えば、忠憲さんらしいですがね」

元之輔は思案げに言った。

「そうすると、忠憲様が深川祭りの後も、深川に残って、屋敷に戻らないということは、お篠探しをしているからですかね」

「もっとも、それを口実に、岡場所で遊んでいるのかも知れませんがね」

鉄五郎はにやっと笑った。

彩織が、キッとして顔を上げた。目に怒りの火がちらついていた。

鉄五郎は、さすが火消しの親分、彩織を前に落ち着いたものだった。

「忠憲さんも、若いお兄いさんだからねえ、女の一人や二人いても不思議じゃあねえ。

そこは周りも分かってあげねえとな。ふと里心がついて家に戻ろうにも、家の連中から冷たく迎えられたら、また家出したくもならあ。そこんとこを、堪えて優しくお迎えしたら、家を出るのはやめようと思うんじゃねえかい」

「……そう毎回では、優しくは迎えられません。それに肝心な時に叱らずに、甘やかせば、人をだめにします」

彩織は強い言葉でいった。彩織は一歩も退く気配がなかった。鉄五郎は、悠然として、彩織の言葉を受け流した。

どこからか三味線の音が聞こえた。お内儀とお弟子さんらしい女たちの声がした。

粋な江戸端唄（はうた）が聞こえて来た。

芝で生まれて　神田に育ち　いまじゃ火消の　アノ　纏持ち

お内儀がお弟子さんたちを前に、独特の節回しで唄っている。

纏一振り　ばれんは躍る　張りと意気地の　アノ　勇み肌

いくら咲いても　お江戸の花は　火事と喧嘩で　アノ　実はならぬ

鉄五郎は、いつの間にか長キセルを薫らせていた。

元之輔は彩織にそっと囁いた。

「例のものを、親分に預けてはどうかな」

「は、はい」

彩織は気付き、紫の袱紗に包んだ手紙を取り出した。

「親分様、この手紙を若様がこちらに御出でになったら、お渡し願えませんか」

鉄五郎は手紙を受け取った。

「若様は、いつ御出でになるのか、分かりませんよ。それでもよければお預かりします」

「はい、結構です。お願いいたします」

彩織は鉄五郎に頭を下げた。

「では、たしかに」

鉄五郎は手紙を受け取り、立ち上がって手紙を簞笥の最上段の引き出しに入れた。

義理にゃ強いが　情けに弱い　それが江戸っ子　アノ　泣きどころ

鉄五郎はお内儀が唄う端唄ににやりと笑った。

「御女中さん、御隠居さん、もし、深川で若様をお探しになるなら、南組の二組の組頭辰造（たつぞう）にあたってみなせえ。加組の鉄の名を出せば、きっと助けてくれやす」

「ありがとうございます。鉄五郎さん」

彩織が頭を下げた。元之輔も礼をいった。

「かたじけない。鉄五郎親分、恩に着る」

鉄五郎は手を左右に振った。

「あっしを呼ぶなら、加組の鉄って呼んでおくんなせえ。いちいち鉄五郎と呼ばれては、かったるくって仕方がねえんで」

鉄五郎はにんまりと笑った。

六

外の雨は本降りだった。

町は雨煙に霞んでいた。

神田川の畔の道には、ほとんど人の姿はない。元之輔は彩織と相合傘になって歩くが、風雨は容赦なく二人に吹き付けて来る。

彩織は元之輔の腕に腕をからませ、雨に濡れぬようにと軀を押しつけてくる。

「これはひどい降りだ」

「ほんとですね。でも、楽しい」

彩織は足元がびしょびしょになっても、嬉しそうだった。童心に返って雨降りを楽しんでいる。

向かいから、雨煙りの中を駆けて来る人影があった。前を行く町人髷、後から追うように二本差しの侍が駆ける。

「あ、あの人たち……」

彩織は元之輔の腕を強く引いた。

「勘助と田島じゃないか」

元之輔は二人の風体から、すぐに分かった。

彩織が元之輔の腕から離れ、傘の下から出ようとした。

「構わぬではないか。田島も勘助も変な勘繰りはせぬ」

「でも……」

元之輔は彩織に番傘を押しつけた。

「わしは濡れてもいい。彩織が差しておれ」

勘助と田島も、相合傘の元之輔と彩織にすぐに気が付いた。

二人は駆けるのをやめ、元之輔と彩織の前に立った。

勘助がほっとした顔でいった。

「よかった。あっしら加組の番屋に、御隠居を迎えに行くところだったんで」

「どうした？　何があったのだ？」

「御隠居、順之介が消えました」

田島が息を切らしながら言った。

「そうなんで。あっしが様子見に大塚家に順之介さんを訪ねたら、おっかさんによると、今朝早く、どっかの若い者(もん)が倅を訪ねて来たってんで。それで順之介さんは、朝餉もそこそこに、どこへ行くとも告げずに、その若い者と、家を飛び出して行ったったってんです」

「もしかして、お篠の行方が分かったのかな？」

元之輔は田島と顔を見合わせた。

「若い者というのは?」

「町奴風だったそうです。ただの走り使いではない、と」

田島が後は分からない、と顔を振った。

勘助が代わっていった。

「んで、あっしは二人が通った道のおおよその見当をつけ、辻番所の番人にあたったんで」

「それで」

「二人は掘割に待たせてあった屋根船に乗り込んだと。行き先は分かんねえですが、たぶん大川を渡ったじゃねえかと」

「よし。でかした、勘助。きっと順之介は、深川に行ったんだろう」

元之輔は、彩織を見た。

「私も行きます」

「だめだ。この雨ん中、おぬしを、これ以上連れ回すわけにはいかん」

「でも、行きたいです」

「おぬしは、屋敷に戻れ。もしかして、若様が戻っておるかも知れぬ」

「…………」

「順之介が忠憲に呼び出されたとは限らぬ。委細が分かったら、必ず、おぬしに知らせる。屋敷にいてくれ」

「でも……」

「いま、一緒にいると、おぬしは足手纏いだ。頼むから、わしの言うことを聞け」

足手纏いとは言いたくなかったが、彩織のためでもある。可哀相だが、仕方がない。

深川の色街を、彩織を連れて歩き回ることは出来ない。すぐに因縁をつけるやくざもいれば、女にだらしない酔っ払いもいる。

遊廓の楼や女郎屋を探し巡るには、彩織連れでは、いろいろと差し障りがある。苦界に身を沈めた女たちから、恨み辛みの罵声を浴びるかも知れない。

なによりも、ひどい雨だ。こんな雨の中、連れ回ったら、軀に悪い。

「………」

彩織は番傘の中で悲しそうな顔をしていた。

「よし。行こう」

元之輔は心を鬼にし、率先してどしゃぶりの雨の中に駆け出した。田島と勘助がすぐに後に続いた。

走りながら、ちらりと振り向くと、彩織の番傘が、雨に煙っていた。

「御隠居、船が」

田島が神田川を下る屋根船を見付けた。尻っ端折りした勘助が泥を跳ね上げながら、元之輔を追い抜いた。

勘助は走りながら、屋根船の船頭に止まれと叫んでいた。船頭が勘助に気付き、手を上げた。

元之輔たちは、ひとまず本所の隠居屋敷に戻った。三人ともずぶぬれの着物を脱ぎ、新しい浴衣に着替えた。まだ昼を回った時刻である。

雨はまだ降り続いているが、先刻よりは、雨の降りは少し弱まっていた。

お済に頼んで、塩握り飯を作ってもらい、腹拵えをした。腹が落ち着いたところで、元之輔は、これから、どうするかを話し合った。

深川のどこか、おそらく色街に忠憲はいる。その忠憲が、どうやってか、お篠の居場所を聞き出した。そこで忠憲は若い者を走らせ、順之介を呼びに行かせた。

元之輔たちの読みである。読みが当たっているかどうかは分からない。だが、少ない手がかりから組み立てた予測だ。それに従って動いてみる。もし、読みが間違っていたら、その時はその時に考える。

「まずは三人で、加組の親分鉄五郎から聞いた深川の火消し二の組の組頭辰造を訪ねる。辰造親分に頼み、忠憲の居場所を探す」

大川東岸の本所深川には、火消し十六組があった。深川は、小名木川以南の南組五組、小名木川以北と本所の一部を受け持つ中組六組。そして本所を担当する北組五組。辰造の南組の二の組は、富岡八幡宮門前に詰め所がある。

勘助が口を挟んだ。

「御隠居、あっしは、ダチ公にあたってみます。色街には、いろいろワル仲間のだちがおりやすんで。蛇の道は蛇でやす」

元之輔はうなずいた。

「うむ。勘助、頼むぞ。おぬしはお篠の行方を追ってくれ。お篠を捉まえれば、順之介や忠憲を芋蔓で捉まえることが出来る」

「へい。お任せください」

「何か分かったら、二の組の辰造親分に知らせてくれ」

「合点です」

勘助は指についたご飯粒を舌で舐め取った。

「では、あっしは一足お先に。御免なすって」

勘助は浴衣を尻っ端折りすると、番傘を斜めに差し、雨の中を駆け出して行った。

「ところで御隠居、幸庵の医院、分かりましたぞ」

幸庵は、忠憲の母お志乃が亡くなった時に立ち合っていた藩の御典医だ。忠憲は七回忌の際に、幸庵に会って以来、荒れるようになった。幸庵が、その原因を知っている。

「おう。そうか。どこで開業していた」

「音羽です。護国寺近くの仕舞屋を使って医院を開いているとのことです」

「どこから聞き出した？」

「誠衛門様の若党をしている同僚からです。その若党によると、長坂藩の御典医の知己らしい」

「なんと身近に縁のある者がおるものだな」

「いかがいたします？　それがしが、お会いしましょうか？」

「いや、わしが直接会ってみよう。忠憲が荒れる真相を聞き出したい」

「分かりました」

田島はうなずいた。

外の雨は小降りになっていた。元之輔はお茶を飲み干した。

「そろそろ、我々も出掛けることにしよう」

「では、参りましょうか」

田島は立ち上がった。元之輔も立ち上がり、小袖の帯を締め直した。

屋根船が永代寺門前町の船着場に着いた時には、すっかり雨は上がっていた。それでも雨雲は低く垂れており、いつまた雨が降り出すか分からない。

元之輔と田島は、それぞれ番傘を手に船着場から岸に上がった。船頭がいっていた通り、町火消し二の組の詰め所が目の前にあった。

大勢の火消しが出入りしている。

玄関先に、二の組の纏が立て掛けてある。

田島が玄関先で訪(おとな)いの声を上げた。すぐに若い者が上がり框で応対した。

元之輔が、組頭の辰造に会いたいと申し入れた。川向こうの町火消し加組組頭の鉄五郎の紹介だと告げた。

鉄五郎の名の効き目は大きかった。若い者は急いで廊下の奥に走り、やがて奥から印半纏を着た初老の男が現われた。

見覚えのある胡麻塩頭の組頭だった。

「あっしが二の組組頭の辰造でござんす」

「おう、おぬしだったか」

元之輔は大神輿の担ぎ手たちを率いた辰造の姿を沿道から見ていたという話をした。

「そうでござんすか。はしたないところをお見せしてしまいましたな」

辰造は照れて笑ったが、目は笑っていなかった。元之輔は自ら名乗り、田島を紹介した。

「あの時、旗本の酔っ払いたちと揉めましたな。その時、おぬしたちを庇って旗本たちに立ち向かった若侍を探しておるのです」

「さようですか」

辰造は気のない返事をした。

「あの若侍は忠憲と申し、さる大藩の当主家の御曹司。わしたちは、当主の依頼で、若君を見付けて、屋敷に戻られるよう説得に参ったのです」

辰造は振り向き、若い者たちに何事か目配せした。

周囲にいた若い者たちが、一斉に鳶口を手に手に駆け付け、元之輔と田島を取り囲んだ。辰造は目を細め、威嚇するようにいった。

「忠憲様は、ここには居らぬ。あんたたちの狙いも、忠憲様の命なのだろう。とっとと帰れ」

　元之輔は面食らった。だが、動じずにいった。

「それがしたちは忠憲君の味方、敵ではない。疑うなら加組の親分鉄に尋ねてくれ。わしの名を告げて訊けばいい」

　しばらく間があった。

　胡麻塩頭の辰造は、にやっと笑った。

「分かった。御隠居を信用しよう。加組の鉄親分を知っているだけでも違う」

　辰造は手を上げ、若い者たちに引けと合図した。若い者たちは囲みを解いて、ぞろぞろと引き揚げて行った。

「御隠居様には失礼いたしした。少し前に、侍たちがどやどやとやって来て忠憲様は居るか、と問うてきた」

「侍たち？」

　元之輔は田島と顔を見合わせた。

「どちらの御家中か、と問うたが、口を濁して言わない。ともかくも、忠憲様に急用がある、お知らせしたい重大な用事があるから、会わせろ、と喚（わめ）き出した」

「…………」

「若い者を、忠憲様のところにやったら、その侍たちは知らぬ者だ。おそらく、自分の命を狙っている、と申された。そうと分かったので、そんな忠憲などという侍は居らぬ。さっさと立ち去れ。さもないと、叩き出すといって、若い者たちに、いまのように威嚇させたら、雨ん中、すごすごと逃げ帰った」

「さようか。で、その侍たちは、いまどこへ？」

「屋根船に乗り込み、どこぞへ、消えました」

辰造はふっと笑った。

「そんなことの後だったので、今度は年寄りの侍たちを……いや、失礼、お年寄りであることを馬鹿にしたわけではないのでお許しを」

辰造は頭を下げて謝った。

元之輔と田島も辰造の正直な物言いに、ついつられて笑った。

「ということは、忠憲君は、こちらに居られるのですな」

「はい。ですが、半刻ほど前に、忠憲様はお友達と連れ立って出て行かれました」

友達と？

おそらく大塚順之介に違いない。

「それで、若君は、どちらに行かれたのですかな」

「さあ。行き先はお聞きしてません」

「いつ、お戻りになるとおっしゃっていましたか？」

「お戻りにはならないのではないか、と思います。というのは、忠憲様はわしらに、永らくお世話になったと礼を言い、出て行かれましたからな」

一歩遅かったか。元之輔は田島と顔を見合わせた。

「半刻前といえば、まだそんなに遠くには行きますまい。それがし、見て参ります」

田島は急いで玄関先から走り出た。

辰造は元之輔に言った。

「御隠居様、まずはお上がりください。あっしら、忠憲様には、借りがあります。どういうご事情で忠憲様をお探しなのか、お聞かせください。もしかして、あっしら、お手伝い出来ることがあるかも知れません」

「うむ。わしも、辰造殿に、お願いしたいことがござる」

「辰造殿なんて気色が悪い。辰と呼び捨てにしてください。さあ、お上がりになって」

辰造は元之輔の腕を取って、上がるように促した。

第四章　最後の藁(わら)の一本

一

田島が無念そうな面持ちで、詰め所に帰って来た。

「いろんな場所で、二人連れの若侍を見なかったかと聞き込んだのですが、だめでした。どこに消えたか」

元之輔は田島を労った。

「いま、親分に、これまでの一部始終をお話ししていたところだ」

元之輔は辰造に向いた。

辰造は胡麻塩頭を撫でながら言った。

「よく分かりやした。そういう事情だったんですね。憚りながらあっしも木場(きば)の辰と呼ばれて、深川では少しは知られた者でやす。御隠居、お任せください。ぜひ、忠憲様探しをお手伝いしましょう」

「ありがたい。その言葉に百人力を得た思いがいたす」

元之輔は、田島と顔を見合わせ、ほっと安堵した。

「では、さっそく若い者たちを走らせ、忠憲様がいまどこにしけ込んでいるのか、探させやしょう」

辰造は大声で小頭たちを部屋に呼んだ。

ぞろぞろと集まった小頭たちに、忠憲と連れの順之介を探すように命じた。

小頭たちは、忠憲の顔は見知っていた。若い者たちも客人の忠憲の顔はよく知っている。

若い者たちは小頭を先頭に一斉に深川の町に散って行った。

辰造は元之輔に言った。

「そのお篠さんは、いかがいたしますかね。あっしらがあまり騒いで追い回したら、女郎屋が隠しかねない。場合によっては、ほかの岡場所に売り飛ばすかも知れない」

「さようか」

「女郎屋は、天下のお天道様の顔を見て歩ける商売じゃねえんで。深川の遊廓は、幕府公認の吉原と違って、その筋には内緒でやっている裏稼業みたいなもんでしてね。なんか、まずいことがあると、女郎屋は真っ先に女郎を売り飛ばして逃げてしまう。いい迷惑なのは知らぬうちに、やくざや人買いに売られた女郎でね。いつも、蜻蛉みたいな女たちなんです」

辰造はため息をついた。

元之輔は、お篠の身を案じた。

下手に騒げば、お篠をいまよりも、さらに不幸な道に追いやりかねない。まずは順之介を捉まえて、これからお篠と、どうするつもりなのか訊かねばなるまい、と思うのだった。

忠憲の所在についての第一報が入ったのは、若い者たちが出て行って間もなくのことだった。

若い者の一人が息急き切って辰造の前に現われた。

「客人が居ました。客人は金嬉楼にしけ込んで……いや、いらっしゃいました」

若い者は言い直して頭を掻いた。

辰造はにやっと笑った。

「そうか。金嬉楼か。で、忠憲様と連れのお侍も一緒だったか?」

「へい。番頭の話では、二人とも遊女と部屋に籠もっているそうで」

「遊女の名前は？」

「そこまでは……。まずは、見付けたことをお知らせしようと思って。後は、小頭たちが調べています」

「ご苦労さん」

若い者は頭を下げ、廊下に引き下がった。

「金嬉楼というのは？」

「深川で、一、二を競う遊廓でしてね。いい女を揃えているので名高いんで」

「お篠は、そこに身売りしたというのか」

元之輔は田島と顔を見合わせた。

「もし、金嬉楼の遊女を身請けするとなると、少々面倒でしてね」

「どう面倒だというのだ？」

「金嬉楼は身請け金がばか高いんで。それに、なにかと馴染みの客が煩いんでやす。身請けしようという金持ち客に、自分たちにも慰謝料を払えなどと難癖をつける質の悪い輩がいるんです」

「ほほう。どういう輩なのだ？」

「大身旗本の遊び人たちですな。遊びの金ほしさに、平気でそんな悪さをする。天下の旗本の面汚しでしょう」

元之輔は松平蔵之介を思い浮かべた。松平蔵之介たちなら、たしかにやりかねない。

「そのお篠さんが、金嬉楼の売れっ子でないことを祈るしかありませんね」

辰造はキセルを取り出し、火皿に莨を詰めはじめた。

「お頭、戻ってめいりやした」

廊下に小頭の一人が現われた。

「おう千吉、何か分かったかい？」

千吉は廊下から座敷に膝行した。

「へい。お二人の敵娼が分かりました。忠憲様のお相手は生島、順之介様のお相手は夕霧、でやした」

生島と夕霧？　どちらも源氏名だ。

辰造が笑いながら言った。

「夕霧は初耳だが、生島は金嬉楼で一番の花魁でしてね。気っ風がいい。辰巳芸者同様、意地も張りもある。その上美形だ。吉原にもいねえという評判の花魁です。さすが若様、お目が高い。楼で一番の花魁を選んでいる。それだけに、花代も飛び切り高い」

「さようか」

元之輔は尋ねた。

「夕霧という遊女は、どんな女だ？」

「夕霧さんは、まだ新顔の初心な娘ですが、かなりの美人だそうで、唄が上手い、歌も詠むという女だそうです」

元之輔は田島と顔を見合わせた。

お篠か？　それともお篠とはまったく違う娘か？

「夕霧の本名は聞き出したかね？」

「いえ、聞いてねえです」

千吉は頭を掻いた。

元之輔は田島の顔を見た。

「その金嬉楼に行ってみるか」

「二人のところに乗り込むのですか？」

「いや、そんな野暮なことはしない。時が経てば、忠憲も順之介も必ず外に出て来よう。楼の近くで張り込んで、二人が出て来るのを待とう」

「そうですな」

田島もうなずいた。元之輔は辰造を見た。

「辰、金嬉楼の出入口を見張るのに格好な場所はないか?」

「そうですな。近くに水茶屋がありやす。そこに行きましょう。張り番は、うちの若い者に任せてください。御隠居が廓の前でうろうろしたらかえって怪しまれる。茶屋で茶でも飲みながら、ゆっくり待つ方がいいでしょう」

「うむ。そうしてくれれば、助かる」

元之輔は辰造の好意に甘えた。


金嬉楼は浄心寺の寺領(じりょう)に建っていた。八幡宮の北側にあり、詰め所から歩いてもさほど遠くない近場にあった。

雨は上がったとはいえ、西の空の雨雲は、どんよりと垂れ込めていた。

元之輔は田島を下屋敷に行かせ、心配している彩織に、ともかくも、忠憲の所在が分かったことを知らせることにした。ただし、忠憲が遊廓で遊んでいることは言わぬように、と念を押した。これ以上、彩織をやきもきさせたくない。

「では、どこに居たということに?」

「二の組の詰め所に匿われているとでも、言っておけ」

田島は了解し、猪牙舟に乗って掘割に消えた。

辰造が連れて行ってくれた先は金嬉楼の門前を見通せる水茶屋だった。雨模様ということもあって、水茶屋には客も少なく、いくつも席が空いていた。

辰造は店の女将と話を付け、葦簀張りで外からは見えにくい席を取ってもらった。

辰造は、小頭の千吉を呼び、張り番の若い者を、楼の表だけでなく、裏木戸にも張りつかせるように指示した。千吉はすぐに若い者を数人引き連れ、通りに出て行った。

辰造は、にやりと笑った。

「これで万全です。忠憲様たちを見失うことはないでしょう。あとは、ここで茶を飲みながら、のんびり待ちやしょう」

「かたじけない。これで安心いたした」

元之輔は礼を言った。

女将が運んで来たお茶を啜った。辰造は長キセルを取り出し、莨を吸いはじめた。

「いやあ、若様も若いのにやりますな」

辰造は感心した様子だった。

「さっきは言わなかったんですが、生島は、ちょっとやそっとではなびかない花魁でしてね。お金をいくら積んでも、首を縦に振らない。だが、生島が気に入った男には操(みさお)を立てて尽くすという女でしてね。大商家の旦那衆も、徳川親藩のお殿様も、大身旗本のお大尽も、一度はお手合せしたい、と願う垂涎(すいぜん)の高嶺の花。その生島を昼日中から、独り占めなさるとは、相当な色男です。詰め所に居られた時は、普通のどこにでも居そうな若侍だが、生島はどこが気に入ったんですかねえ。ほんとに羨ましいもんです」

「たしかに」

元之輔は、忠憲を思い浮かべた。

忠憲には女心をくすぐる何かがあるのだろう。

お付きの御女中彩織ですら、口には出さないが、忠憲に惹かれている様子だ。

忠憲は目鼻立ちは整った男前ではあるものの、歌舞伎役者のような美男子ではない。

彩織によれば、忠憲は本来はさばさばした性格の好男子だったという。

元之輔が初めて忠憲と会った時、怪我をしていたせいもあるが、忠憲は顔に暗い翳(かげ)を宿していた。その翳は鬱屈と孤独が綯(な)い交ぜになったものを感じさせた。

おそらく女は、そんな翳がある忠憲を見て、女心を掻き立てられるのではなかろうか。まるで母親のような気持ちで忠憲を守ってあげたい、庇ってあげたい、と思うのでは。

若い者が店に駆け込んだ。

「客人の一人が出て来ます」

「なに」

元之輔は葦簀の隙間から、金嬉楼の玄関先を見やった。

玄関先に、楼の若い者に付き添われた侍が現われた。間違いなく順之介の姿だった。

後から、若い遊女が順之介の背中に顔を押しあてて泣いているようだった。順之介は振り返り、廓の外にまで出て来た女を慰め、楼に戻るように言っている。

年増(としま)の遣り手婆(やりてばば)が店の中から現われ、若い女の腕を掴み、廓に戻るように説いていた。

やはり、夕霧という遊女が、お篠なのか。

元之輔は順之介の心中を思った。辰造が訊いた。

「どうしやす?」

「わしが順之介を迎えよう」

元之輔は席から立ち上がった。

順之介は金嬉楼を振り返り振り返り、歩いて来る。時折、腕を目頭にあてていた。

通りすがりの男たちがにやにやしながら、未練がましい順之介を振り向いている。夕霧の姿は楼の中に消えていた。

元之輔は順之介の行く手に立ち塞がった。

「おい、順之介、しっかりしろ」

「あ、先生、どうして、こちらに」

順之介は慌てて、袖で泪を拭った。

「話を聞こう。一緒に参れ」

元之輔は順之介の腕を取り、水茶屋へ連れ帰った。順之介は大人しく元之輔に従った。

順之介は葦簀張りの陰の桟敷に座った。辰造を見ると急いで頭を下げた。

「親分さんもいらっしゃったんですか」

順之介の目は真っ赤だった。

二

女将が冷たい麦茶を運んで来た。

「さ、麦茶でもお飲みになって」

「かたじけない」

順之介は茶碗を両手で持ち、麦茶をのどを鳴らして飲んだ。

元之輔は順之介に言った。

「順之介、みんな話せ。話せば気が楽になるぞ」

「…………」順之介は頭を下げたまま黙った。

「加組の鉄五郎親分からおおよそのことは聞いた。あの娘が幼なじみのお篠なんだな」

「はい」

順之介は素直に答えた。順之介は観念した様子だった。

「遠目でしか見なかったが、お篠はいい娘だな。美人で大人しそうで、おぬしを慕っておる」

「はい」

「だが、いまは遊女夕霧だ。残酷な言い方になるが、ほかの男たちにも抱かれることになる」

「そんなの嫌です」

順之介は膝の上の拳を握り締めた。

元之輔は順之介とお篠が、どうして、こんな互いに辛い、不幸な運命になるのか、やりきれない思いだった。順之介の辛さ、悔しさを思えば、話を聞こうという自分は、なんという残酷なのだろう、と思う。

だが、順之介にあえて訊かねばならない。訊かねば、運命に流されてしまうだけだ。もしかして、運命に逆らって、抜け出す方法があるかも知れない。希望は捨ててはならない。

「お篠を諦めるか？」

「嫌です」

「だろうな。だったら、どうする？」

「…………」順之介は下を見、肩を震わせていた。必死に嗚咽を堪えていた。

もし、己れが順之介だったら、どうするか？　死ぬ？　相対死する？　いかん、それはいかん。

元之輔は思わず言った。

「おぬし、間違っても、心中なんぞ考えるなよ」

「…………」

順之介は泪で頬を濡らした顔を上げた。

情けない顔をしている。こいつ死ぬ気になっている。目が死んでいる。生きた人間の目ではない。

元之輔は辰造と顔を見合わせた。辰造も頭を振った。

「おぬしはまだ若い。生きていれば、必ずいいこともある。いま死んではだめだ」

「……忠憲も、そう言います。だけど、どうしたらいいのか」

「お篠も苦しんでいる。おぬし、一人が苦しいんじゃない。解決方法は、二つある」

「二つですか」

順之介は虚ろな顔で元之輔を見た。

本当は、三つあるのだが、三つ目の方法は、心中なのであえて言わなかった。言えば、いまの順之介は、それを選びかねない。

「うむ。まっとうな方法と、そうでない方法だ」

「まっとうな方法って何ですか？」

「金を積んで、お篠を身請けする」

「忠憲も同じことを言っていました。だけど、お金がありません。楼主と話をしたら、夕霧を身請けしたかったら、五百両を出せ、と言うんです」

「五百両！」

元之輔は思わず辰造と顔を見合わせた。

「……それも、いまのうちだと。売れっ子になり、金嬉楼の看板を背負うような花魁になったら、千両、二千両にも値段は跳ね上がる、と」

「楼主の金蔵は、そんなことを言っていたのか」

「はい」

「あの業突張りめ。お篠を買った時は、きっと十両か二十両だったはずなのに」

辰造は呻くように言い、悪態をついた。

「五百両か。大金だな」

元之輔は腕組みをした。

盗みも九両七分までなら、鞭打ち、遠島で済む。だが、十両を超えれば、死罪だ。

十両の金で人の生き死にが決まる。

五百両ともなると……。

元之輔は無性に腹が立って来た。

金で女を売り買いするとは、なんたる世の中だ。こんなことが許されるのか？

胸の内に燃え盛る憤怒の炎は、金嬉楼の楼主に対してだけでなく、家族が生きるために娘に身売りさせざるを得なかったお篠の両親、さらには、お篠の親たちをそうした貧しさに追い込んだ世の中に対するものだった。しかも、とどのつまりは、そうした犠牲者のお篠を前にして、何も出来ない己れの非力さでもあった。

この世の何もかも、腹立たしい、気に食わない。

もしかして、忠憲も世の中に対して、同じような思いを抱いているのかも知れない、と元之輔は思った。

辰造が元之輔に替わって言った。

「じゃあ、おめえさんは、その五百両を作ってでも、お篠さんを身請けしたいのだな」

順之介は顔を上げた。

「はい。なんとしても、お篠を救け出したいんです。だけど、そんな大金を、どうやって作るか」

辰造は頭を左右に振った。

「……悪いが、あっしはこの話、初めから聞かなかったことにするぜ。あっしら、町火消しは、そんな大金、とてもじゃないが作れねえ。持ってもいねえ。助けたいのは山々だが……。畜生、なんてこった、金蔵の業突張りめが、閻魔(えんま)様に舌を抜かれて、地獄に落ちやがれ」

辰造は腹立たしげに悪態をついた。

「先生、もう一つの、まっとうではない方法とは何でございますか？」

「かなり危険だが、金嬉楼からお篠を攫ってとんずらする。強引にお篠を足抜けさせる手だ」

「……忠憲も、それは言っていました。だけど、それをやったら、後が恐いとも」

「そうだ。おぬしもお篠も、終生、追われることになる。全国津々浦々、どこへ隠れても、追っ手が探しに来る。捕まったら、連れ戻され、晒し者になって、最後は打ち首、よくて遠島だ」

「…………」

順之介は肩を落とし、頭を垂れた。

元之輔は順之介に言った。

「おぬし、二つのうち、どちらの方法を取る？」

「……まっとうな方法です。なんとか、金を作れないものかと考えていますが……」

順之介は言葉を濁した。

「五百両を作るというのは、たいへんだぞ。わしも、そんな金はない」

元之輔は、内心、倅の誠衛門に五百両を用立ててもらうことも考えた。だが、小姓組の組頭の身で、そんな大金を作れるわけはない。いまでさえ、家族や家人たちを養うために生活を切り詰め、かつかつの生活をしている。

いくら己れがお篠や順之介に同情したからといって、身内でもない二人を助けるために、赤の他人である誠衛門に、五百両もの大金を借金させるわけにもいかない。

かといって隠居の身の己れに、何の担保もなく、返す見込みもないのに、誰が五百両もの金を貸してくれようか。

「済まぬが、わしも五百両を用立てることは無理だ」

「分かっております。それがしのことで、先生や辰造親分にまで、ご心配をおかけして申し訳ありません」

順之介は、元之輔と辰造に頭を下げた。

順之介はようやく落ち着いたようだった。

「しかし、弱ったな。どうしたものか」

元之輔は唸った。

金嬉楼の楼主金蔵と掛け合って、お篠の身請け代金を下げさせる方法も考えたが、楼主とはまったく面識もない。それに順之介とお篠の間柄を知りながら、身請け代は五百両だと、ぬけぬけと言う強欲な金蔵である。いくら頭を下げても、何かの見返りでもなければ、簡単には値下げしないだろう。

金蔵と多少は面識のある辰造が何も言わないのは、金蔵との交渉が初めから無駄だと思っているからに違いない。

順之介は、小さな声で言った。

「……実は忠憲はお篠を請け出す手がないでもない、と言うんです」

「二つ以外に、まだ方法があるというのか?」

「はい」

元之輔は訝った。

「忠憲は、なんと申したのだ?」

「……それは言えません。でも、それがし、藁をも摑む思いで、忠憲の言う通りにしたい、と思います。ほかに何も思いつかないんです」

順之介は、これ以上は話さないという顔で唇を嚙み締めた。

元之輔は辰造と顔を見合わせた。

元之輔はもう一度訊いた。

「忠憲は、なんと言ったのだ?」

「御免なさい。忠憲と約束したんです。お篠を助けたいなら、誰にも話さない、と」

「分かった。では、訊くまい」

元之輔は諦めた。

ただ、忠憲が何かお篠を救い出す手を考えていることだけは分かった。それが、どんな方法なのか、邪魔しないで見守るしかない、と覚悟を決めた。

若い者が一人腰を低めて店内に入って来た。

「頭、さっき追い返した侍連中が、まだうろついていやす」

「なに」

辰造は葦簀の隙間から、金嬉楼の玄関先を窺い、呻いた。

「どうして、やつらがここを見付けたんだ？」

元之輔も葦簀の間から覗いた。

神田川の土手の道ですれ違った侍たちだ。忠憲が金嬉楼に居るということを、誰かから聞き出して、待ち伏せしようとしているのに違いない。

「あやつら、何者なのか、問い詰めるとするか」

元之輔は大刀を腰の帯に差し込み、立ち上がった。

「あっしも行きやす」

辰造もすっくと席を立った。

元之輔は金嬉楼の前の通りをゆっくりと歩いた。辰造と順之介が後に続いた。

金嬉楼の前の向かい側に、侍たち四人がうろついていた。いずれも祭りの時にも見かけた侍たちだ。

侍たちは元之輔の姿を見ると、みなあらぬ方向を見て知らん顔をした。

元之輔は四人の侍の中で、頭らしい侍に近付いた。男の背に声をかけた。

「おぬしら、ここで何をしておる?」

頭らしい侍は振り返り、元之輔を睨んだ。

「何をしてようが、我々の勝手だろうが」

ほかの三人が、一斉に元之輔に顔を向けた。侍たちは元之輔と一緒にいる辰造に気付き、ばつの悪そうな顔になった。

辰造が侍たちに問うた。

「あんたら、どうして、こんなところをうろついていなさる?」

「……どうでもよかろう。ここは天下の往来だ。おぬしらだけの道ではない」

頭の侍が不貞腐れた顔で言った。

元之輔が笑いながら頭の侍に尋ねた。

「おぬしら、祭りの時、沿道にも居ったな。大神輿を見ておったな」

「我々が祭り見物をするのはいかんと申すのか？」

「それは構わぬ。だが、おぬしら、あの時も、大神輿を担いでいた忠憲に目を付けておったな」

「だったら、どうだというんだ？」

頭らしい侍は低い声でいった。

元之輔は侍の言葉に訛りが混じっているのを感じた。聞き覚えがある。どこの国の訛りだ？

元之輔は真顔で言った。

「おぬしら、どこの御家中だ？」

「…………」

頭の侍も、ほかの侍も口を噤んだ。

「お国訛りに聞き覚えがある。西国ではないな。奥州でもない。越中でもない」

「…………」

「ずばり、坂東か」

侍たちは一瞬動揺し、顔を見合わせた。

「そうか。坂東の藩か」

「……どこでもよかろう。おぬしには係わりないこと」

頭が強い口調で言った。元之輔は頭に切り込んだ。

「なぜ、忠憲を付け回す?」

「……………」

「ここで、おぬしら、楼から出て来る忠憲を待ち構えておるのだろう」

「…………」

頭の侍が、ちらりと背後を見た。元之輔は頭の見た方角に目をやった。

空き地に立つ檜(ひのき)の幹に寄り掛かった痩身の侍が見えた。

痩身の侍は、ゆっくりと檜の幹から身を起こした。白の着物を着流している。総髪を後ろでまとめて結っただけの髷。げっそりと痩けた頬に薄い唇。細い顎。眉毛はなく、不釣り合いに大きなぎょろ目。蟷螂(かまきり)を思わせる異形(いぎょう)な顔だ。

痩身の侍は頬を崩し、にたにたと笑っていた。いや、笑っているように見えたが、元々がそうした顔なのかも知れない。

元之輔は思わず大刀の柄を握った。痩身の侍から殺気が押し寄せて来る。

痩身の侍は静かに歩んで来て、頭の側に立った。仕込み鞘の大刀を腰に差している。

小刀はない。瘦身の侍は無言のまま、元之輔を睨んだ。猛烈な殺気を放っている。

居合いか。

元之輔は瘦身の侍との間合いを取りながら、頭の侍に問うた。

「もう一度訊く。おぬしら、どこの御家中だ？」

小刀の鯉口を切った。居合いに備えるには、大刀は不利だ。小刀の方が速く斬り結べる。

「どこでもよかろう。ご老体、おぬしには係わりない」

ご老体か。

元之輔は少々心が傷ついたが、本当のことだから仕方がない。

「忠憲に何の用がある？」

「問答無用だ」

頭の侍は黙ってせせら笑った。

「問答無用か。仕方ねえな。みな出て来い」

辰造が手を挙げた。

それを合図に、火消し衆が路地から、どっと現われ、侍たちと元之輔の周りを取り囲んだ。みな手に鳶口を持って、構えている。

侍たちも一斉に大刀を抜き放ち、周囲の火消し衆に構えた。白着物の瘦身の侍だけは、刀を抜かず、にたにたと笑っている。

火消し衆は鳶口を振り回し、口々に侍たちに罵詈雑言を浴びせて威嚇した。

「おもしれえ、サンピン、かかって来い」「こいつら、生きて帰すな」「叩き殺せ」「川に放り込んで魚の餌にしてやらあ」「やっちまえ」

取り囲むのは命知らずの二組の火消し衆およそ百人。対する侍たちは、わずか五人。多勢に無勢。

ここで喧嘩になれば、侍たちは袋叩きになろう。侍たちが死に物狂いになれば、怪我人が大勢出る。死者も出よう。

寺領内での喧嘩だから、寺社奉行の捕り手たちが飛んで来る。寺領から出れば、町奉行の捕り手たちが駆け付ける。侍たちだけでなく、元之輔や順之介も捕らえられ、喧嘩の原因を訊かれ、事はさらに面倒になる。

「待て待て。双方とも待て」

元之輔は両手を広げ、双方を抑え、侍たちの頭に言った。

「おぬしら、ここで喧嘩をしたら、本所深川の町火消しを敵に回すことになるぞ」

「…………」

侍たちは互いに顔を見合わせ、すでに逃げ腰になっていた。

元之輔は火消し衆を手で制しながら、頭の侍に向かって言った。

「頭、悪いことは言わぬ。おぬしらも刀を引け。引き揚げれば、火消し衆も手を出さぬ」

辰造も大声で命じた。

「御隠居の言う通りにしろ。手は出すな。道を空けろ」

火消し衆の一角が左右に分かれ、逃げ道を空けた。

侍たちの頭は周囲を警戒しながら、「引け」と言った。侍たちは刀の抜き身を構えながら、空いた逃げ道を退きはじめた。

瘦身の侍が、にたにたと笑いながら、元之輔に言った。

「おぬし、ただの隠居ではないな」

なぜ、隠居だと知っているのだ？　元之輔は、瘦身の侍に訊いた。

「おぬし、何者？　名乗れ」

「人に名を訊くなら、先に名乗るのが礼儀だろう」

瘦身の侍は異形の顔を歪めて笑った。

「わしは桑原元之輔。おぬしは？」

「名乗るほどの者ではない。名無しの権兵衛とでも呼べ」

「名無しの権兵衛か。覚えておこう」

名無しの権兵衛は、ふっと薄笑いを浮かべた。

「次に会ったら、おぬしを斬る。覚悟しておけ」

瘦身の侍はにんまりと笑い、踵を返した。懐手をして、すたすたと歩み去った。

火消し衆たちは瘦身の侍に気を呑まれ、呆然と見送った。辰造が元之輔に寄って言った。

「あの侍、只者ではないですな」

「うむ。あの男、殺し屋だ。それも凄腕」

元之輔は瘦身の侍が歩み去った道を見ながら、額に湧いた汗を腕で拭った。背中にも、知らず知らずのうちに冷や汗をかいていた。

順之介が寄って来て、元之輔に訊いた。

「先生、あの侍の腰のもの、お気付きになりましたか」

「うむ。仕込み鞘だ。大刀に鍔がない」

「なぜ、あんな刀を腰に差しているのですか?」

「居合いだ。抜き打ちで相手を斬る。相手と鍔迫り合いはしない。だから、鍔は不要だ」

　元之輔は、若いころ、居合い術を習ったことがある。その時のちりちりした戦慄を思い出していた。

　居合いは斬り間がないに等しい。相手が身近にいなければ、居合い抜きは出来ない。

「居合いに対するには、斬り間を意識して、間合いを空けるしかない」

　辰造は火消し衆に帰るように言った。

　火消し衆は、ぞろぞろと木場に戻って行く。

　千吉が慌ただしく辰造に駆け寄った。

「頭、たいへんです。客人が裏木戸から逃げ、姿をくらましたとのことです」

「なにい、裏木戸から逃げた？　見張りはいなかったのか？」

「見張りはいたんですが、表での騒ぎに気を取られ、つい裏木戸から目を離したんで。客人は騒ぎの隙に逃げ出したらしいんで」

「誰も追わなかったのか？」

「へい。みんな、表での騒ぎに気を取られていて、気付いた時には客人は舟に乗っていたんで」

「御隠居、どうやら、あの騒ぎで忠憲様を取り逃がしてしまったようで。済まねえ」

辰造は元之輔に謝った。

「いや。仕方がない。こちらの騒ぎに忠憲が気付かぬはずがない。だが、こちらには、順之介がいる」

元之輔は順之介を振り向いた。

「いずれ、必ず忠憲は順之介に連絡して来る。順之介、今度、忠憲から連絡があったら、わしが会いたいと言っていたと告げてくれ。話し合いたいと」

「はい。分かりました」

順之介は素直にうなずいた。

辰造が元之輔に訊いた。

「御隠居、これから、どうしやす？」

元之輔は金嬉楼を睨んだ。

「辰、わしはこれから金嬉楼に乗り込む。生島に会う。なんとか、生島に会う手立てを考えてくれぬか」

三

元之輔は、いったん二の組の詰め所に戻り、風呂に入り、汗や汚れを洗い落とした。髪結いを呼び、髭や月代を剃り、髷を整えた。新しい小袖に着替え、熨斗が効いた袴を穿いた。少々暑かったが、羽織袴姿になった。

元之輔が辰造を従えて、金嬉楼に乗り込んだのは夕方だった。宵の口から、深川の色街は大勢の客で賑わう。

金嬉楼の大番頭は、じろじろと元之輔の人相、風体を窺った。

辰造は大番頭に元之輔が某藩の江戸家老だと紹介した。あえて藩の名前を出さず、大藩を装った。藩名を隠すと、相手は勝手に藩名を推理して恐れ入る。

元之輔は、どっしりと構え、某大藩の江戸家老を装った。

元之輔は勿体ぶった物言いで、今回は殿の代参で、お忍びで参っている。ついては、楼主の金蔵に会って、いろいろ聞きたいことがあると伝えた。

大番頭は辰造が火消し二組の組頭でもあるので、すっかり元之輔の話を信じた。すぐに若い者に楼主の金蔵を呼びに行かせた。

やがて控えの間に現われた金蔵は、羽織袴姿の元之輔に平伏した。

元之輔は金蔵に、金嬉楼は初見だが、評判の花魁生島に会いたいと告げた。

金蔵は生島は気位が高い花魁で、いろいろ我儘を言い、よほど気に入った客でないと、会おうともしない、まして、初見のお客ともなると、どんなに身分の高い人であっても、どんな金持ちであっても、客にしない、顔見せすらも断ることが多いが、それでもよろしいか、と言った。

元之輔は、もちろん断られても仕方がない、と答えた。

生島を迎えに行った大番頭は、戻って来ると、生島は、案の定、初見の客は、お目見得すらもお断りするという返事だった。金蔵は次の機会には、きっと生島もお会いするでしょう、と元之輔を慰めた。

元之輔は少し思案し、懐紙を取り出した。筆を取り出して、懐紙にさらさらと筆を走らせた。金蔵と大番頭は怪訝な顔で元之輔の筆を走らせる様子を見ていた。

元之輔は、その懐紙に金子を包み、大番頭に渡した。

「この付け文を生島に届けてくれ。それでも、会えぬなら諦めよう」

「へい」

大番頭は首を捻りながら、階上に上がって行った。

金蔵は笑いながら、生島は一度駄目と言ったら、いくらお金を出しても駄目ですよ、と冷たく言った。

だが、大番頭は戻って来るなり、「驚いたことに、生島がお会いしますと言っています」と告げた。

「本当かい、大番頭さん」

金蔵は大番頭と顔を見合わせた。

元之輔は辰造と小さくうなずき合った。

付け文は、一(いち)か八(ばち)かの賭けだった。

「どうぞ、こちらへ」

大番頭は元之輔を控えの間に案内した。

元之輔は控えの間でしばらく待たされたが、やがて化粧を直した生島が禿(かむろ)を連れて、部屋に現われた。

元之輔は思わず息を呑んだ。

噂に違(たが)わず、部屋に一輪の石楠花(しゃくなげ)が花咲いたように美しい。瓜実顔(うりざねがお)の整った目鼻立ちは浮世絵の美人画を思い出させる。

「あちきが、生島にございます。御隠居様には、お初にお目にかかります。どうぞよろしくお願いいたします」

　生島は元之輔に深々と頭を下げた。

　元之輔は笑いながら言った。

「よかった。おぬしに付け文を出したのは、賭けだった。もし、忠憲が隠居のわしのことを話していれば、おぬしは付け文を読んだら、きっと会ってくれるだろうと思ってな」

「はい。忠憲様から御隠居様のことは伺っておりました。ですが、大番頭さんから、あなた様のお名前をお聞きした時、某大藩の江戸家老とお名乗りになっておられたので、まさか御隠居様だとは思いませんでした。それでお断わりしたんです」

　生島はにっこりと微笑んだ。元之輔はそうだろうな、と思った。

「もし、初めから隠居などと名乗っていたら、楼主や大番頭から、この惚け爺があろうことか金嬉楼一番の売れ子の花魁を指名するとは、何を惚けたことを言うと相手にされなかっただろうよ」

「まあ。そんな惚け爺だなんて、御隠居様はしっかりなさっておられるじゃないですか」

　生島は優雅に扇子で口元を隠して笑った。

「ところで、御隠居様、付け文に、忠憲様の命が狙われているとありましたが、本当でございますか?」

「うむ。そのことで、至急に忠憲に会って話がしたいと思ってな。だが、どうしても忠憲と連絡が付かぬのだ。屋敷に戻らず、町火消しの詰め所なんかに厄介になっている」

「まあ、忠憲様は屋敷にお戻りではないのですか?」

「うむ。今日、忠憲はおぬしのところに来ていると分かったので、楼から出て来るのを待っておったのだが、忠憲は表での騒動の隙に、裏木戸から逃げてしまった」

「ほほほ。やはり……」

生島は扇子で口元を隠しながら笑った。

「忠憲は、なぜ逃げたのであろう?　わしを避けておるのかな」

「御隠居様を煙たがっておられます」

「わしが煙たいだと?　どうしてかな」

元之輔は苦笑いした。生島は小首を傾げた。

「まるで親父のように小言(こごと)を言うので、煩わしい、とおっしゃっておられました」

「小言など言ったつもりはないが、そう受け取ったのかのう」

「それから御隠居様は、お付きの御女中の伯父様とかおっしゃっているが嘘だろうと。どうやら父が自分を監視するために寄越したのではないか、と。それで御女中の伯父になりすまし、屋敷に出入りしておるのではないか、と。そうなんですか？」

生島は大きな目で元之輔を見た。元之輔は頭を掻いた。

「ははは。ばれておったか。たしかに、わしは伯父ではない。だが、忠憲を監視する役目ではない。忠憲付きの御女中から、密かに忠憲の身辺を守るように頼まれたのだ」

「あら用心棒みたい」

「うむ。わしは用心棒みたいなものだ」

「でも、用心棒なら、もっとお若い侍の方がいいのでは？」

「わしも、そう思うのだが、目立たない年寄りの用心棒がいてもいい、と口入れ屋に騙されてな。御隠居用心棒になった」

「御隠居用心棒ですか？　普通の用心棒と、どう違うのです？」

生島は興味津々な眼差しで元之輔を見つめた。元之輔はため息混じりに言った。

「鎮座（ちんざ）しているだけでいいと言われて始めたが、とんでもない。忙しい、あちらこちらに飛び歩かねばならぬ。軀がひどく疲れる。やはり歳だのう」

「それはお気の毒なこと。お歳を考えて無理はなさらないように」

生島は気の毒そうに言った。元之輔は気を立て直した。

「ま、わしのことはどうでもいい。問題は忠憲だ。忠憲は、ここを出て、どこへ逃げたのだ?」

「知りません。……忠憲様は怒って、何も言わずに、ぷいっと出て行ったんですから」

「怒った?　おぬしと喧嘩でもしたのか?」

「はい。でも……あちきが悪いのです。あちきがちょっと嫉妬して、つい忠憲様を詰ってしまったんです。それで忠憲様は怒って、出て行ってしまったのです」

生島は哀しげに頭を下げた。元之輔ははたと思いついた。

「嫉妬したというのは、夕霧のことではないか?」

生島は顔を上げた。

「どうして御隠居様がご存知なのですか?」

「やはり、そうか。わしが、おぬしに会おうと思ったのは、夕霧の足抜けのこともあってのこと」

「しっ……ここでは足抜けは禁句です」

生島は元之輔の口元をそっと手で塞いだ。元之輔は口を噤んだ。

「…………」

生島は禿に隣の部屋や廊下に人がいないかどうか見て来てと囁いた。禿はいそいそと部屋を出、隣室や廊下を見て来た。

「誰もいません」

生島は禿にうなずくと、小声で元之輔に言った。

「忠憲様は、御友人のため夕霧さんを足抜けさせようとなさっているのです」

「存じておる。だが、どうやって？　楼主の金蔵によると、身請けの代金は五百両と言っているそうだが」

「はい。忠憲様は、その五百両を作るため、あちきに力を貸せって言うんです」

「忠憲はおぬしに何をしろ、と申しておるのだ？」

「あちきの馴染みの客に千両無尽をしている商家のぼんぼんがいるんです。そのぼんぼんを紹介しろ、と言うんです」

「千両無尽？　どんな講なのだ？」

元之輔は訝った。生島は声をひそめて言った。

「商家の若主人や札差（ふださし）の若主人など、主に商家の三代目四代目が、十人ほど集まった無尽があるんです。一人あたり百両ずつ出し合って集めると千両になりましょう？　だから、千両無尽」

「なるほど。それで千両無尽か」

「その千両を籤（くじ）や入札で選ばれた一人が受け取り、借金の返済とか、雇い人の給与の支払い、店の経営にあてる。中には、吉原や深川で廓遊びする金にする人もいる」

「金は魔物だ。金は人を狂わせる。金があると、つい博奕（ばくち）を打ちたくなったり、妾を囲ったり、廓通いを……」

元之輔は言葉を止めた。生島はちらっと元之輔を睨み、すぐに笑った。

「いいんです。その通りなんです。あちきら廓の人間は、そうしたお金を頂いて暮らしを立てているんですから」

「……忠憲は、その無尽講に入りたいと言うのか？」

「そうなんです。遊び人のぼんぼんと知り合いになり、千両無尽を仕切っている頭取に紹介してもらい、講の成員になろう、というんです」

「忠憲も考えたな。千両無尽に入れば、五百両を作ることは夢ではない。でも、千両無尽講の成員になるには、手持ちの金として百両なければ相手にされないだろう。忠憲は、そんな金を持っているのか」

生島はこっくりとうなずいた。

「お友達と二人で、合わせて九十両を手に入れたそうなんです」

「忠憲の友達というのは、大塚順之介という御家人か？」

「はい。道場仲間だと言っていました」

元之輔は考え込んだ。

大塚順之介は、お金に無縁な貧乏御家人の息子だ。忠憲と二人で合わせてというものの、九十両を持っているとは思えない。忠憲とて、部屋住みの身だ。家出同然に下屋敷を出奔しているのに、どうやって、そんな大金を手に入れたのか？

まさか大商家へ押し込み強盗でもやったのではあるまいな。そんなことをやれば、火付盗賊改(ひつけとうぞくあらため)に捕まり、獄門(ごくもん)行きは免(まぬが)れない。

元之輔は生島に尋ねた。

「忠憲は、その九十両を、どうやって手に入れたと申しておった？」

「大身旗本の放蕩息子たちから取った落とし前だと言ってました。決して悪いことをやって手に入れた金ではないと。悪さをしたのは、あちらだ、この金はあいつらからひどい目に遭わされた自分たち二人が受け取って当然の慰謝料だと胸を張ってらっしゃいました」

「ははは」

元之輔は、落とし前のことがすぐに分かった。

「忠憲様たちは吉原に遊びに行った時、喧嘩相手の大身旗本のどら息子たちに虎の子の三十両を盗まれたそうですね。お金を持っていないから、外の仲間に金策を頼んだものの、支払う代金が作れなかった。それで、首代たちに、危うく簀巻にされて大川に放り込まれかけたと。ほんとなんですか？　忠憲様は面白おかしく話してらしたので、あちきは半信半疑なんですけど」

「うむ。本当にあったことだ。忠憲を信じてやれ。それで、どうやって、相手から落とし前をせしめたと申しておった？」

「忠憲様たちは、お金を盗んだ男を捕まえたそうです。その男を簀巻にし、大川に連れて行ったら、泣きながら命乞いし、すべてを白状したそうです」

「なるほど。それから、どうしたと？」

「男は頭の松平何某(なにがし)の命令で、金を盗んだと白状したそうです。忠憲様は、その男の供述書を作り、畏れながらと大目付に届けた。その上で生き証人を引き立て、頭の松平何某の屋敷に乗り込んだそうなんです。そうしたら、親が出てきて、盗んだ三十両を返し、慰謝料二人分六十両を差し出し、どうかこれで御内密にと、忠憲様たちに平

「それは見物だったな。忠憲たちも、さぞ、溜飲が下がっただろうな」

元之輔は顎を撫でながら、忠憲のしてやったりという顔を思い浮かべた。

大目付に訴え出た以上、事はまだ収まらぬだろう。おそらく父親松平謹之介は、息子蔵之介の不始末の収拾に追われて、大わらわだろう。息子の蔵之介は親父から叱られ、面目丸潰れになっているに違いない。

「忠憲は元手九十両を作ったか。だが、あと十両足りないな」

「それで忠憲様はあちきに、その十両を立て替えてくれぬか、必ず返すから、とおっしゃるんです」

「その十両、立て替えたのか？」

「……はい。楼主に預けてあるあちきのお金の中から十両を下ろして、忠憲様にお渡ししました。その時の忠憲様の嬉しそうなお顔を見ているうちに、つい堪忍袋の緒が切れたんです」

「…………」元之輔は腕組みをした。

「忠憲様は、どうして夕霧さんの足抜けに、そんなに熱心なのか、いくらお友達の大塚順之介様のためとはいえ、あちきはどうしてくれるのかって。あちきは夕霧さんに嫉妬してしまい、自分が悪いと分かっていながら、忠憲様を詰ってしまったんです」

「うむ。生島も夕霧と同じ身だものな。辛いだろうな」

元之輔は、生島の気持ちがよく分かった。

「そうしたら、忠憲様は、これはいらぬ、と十両をあちきに突き返し、部屋を出て行ってしまいました」

「夕霧もおぬしも同じ境遇なのにな。どうして、忠憲はおぬしの請け出しを考えぬのかのう」

「分かってます。夕霧さんはまだ初心な若い新入りさんで、身請けの代金もそんなに高くはない。それに比べて、あちきは金嬉楼の看板を張る花魁、身請けの代金も桁違いに高い。だから、忠憲様があちきを足抜きさせることは難しい。あちきもよく分かってはいるんです。でも、一言、嘘でもいい。あちきを身請けしたい、と言ってほしかった」

生島は着物の袖で顔を覆った。

「…………」

元之輔は腕組みをしたまま目を瞑った。

慰める言葉がなかった。いまは生島の悲嘆の声をただ聞いてやるしかない。しばらく、重い時が流れた。

　生島は顔を上げ、元気よく言った。

「はいッ。これで愚痴はお仕舞い。御隠居様、私の愚痴を聞いてくださってありがとうございます。誰かに吐き出さないと、私、生きていけないと思ったんです。でも、もう大丈夫」

　生島が花魁言葉ではない私という言葉を遣っているのに気付いた。

「ともかく、忠憲様は、怒って出て行ったけれど、必ず、あちきのところに戻って来ます」

「どうして、そう思うのだ?」

「あちきが越後屋のぼんぼんを忠憲様に紹介しないと、千両無尽を仕切る親分に会えないからです。夕霧さんを足抜けさせるために、忠憲様は戻って来るしかないんです」

「そうか。忠憲は夕霧のために戻るというのか」

　生島は泪を拭い、元気よく言った。

「あちき生島は、これからも金嬉楼の看板花魁として、張りと意気地で、世を渡って参ります。御隠居様も、どうぞ生島をお引き立てのほどを」

「わしでよければ馴染みになろう」

元之輔はうなずいた。生島の顔が急に明るくなった。

「ただし、わしは金がない。だから、枕を共にすることもない馴染みだ。それでもいいか」

「もちろんです。たとえただの話し相手でも、あちきの馴染みは馴染み」

生島は傍らに座った禿に、お茶を持ってくるように言った。禿は立ち上がり、廊下に出て行った。

生島はにじり寄ると、元之輔に身を寄せた。

「抱いてください」

「うむ？」

元之輔は生島の躯をそっと抱いた。生島の躯は火照っていた。目を閉じ、じっとしていた。胸の鼓動が聞こえた。生島の芳しい匂いが鼻孔に漂って来る。

廊下に足音が聞こえた。生島がそっと元之輔の躯から離れた。

「ありがとうございました。御隠居様に抱かれていると、夢心地になりました」

「わしも夢を見ているようだった」

生島はふっと笑った。

「これで、御隠居様は、あちきの馴染み客です」

禿と一緒に女中がお茶を運んで来た。

生島は元之輔にお茶の入った湯呑み茶碗を手渡した。

「どうぞ、召し上がれ」

「うむ」

生島はいつもの生島に戻っていた。

元之輔は茶を啜りながら、生島に尋ねた。

「生島、おぬしと忠憲は、どういう出会いだったのだ？」

生島は微笑んだ。

「忠憲様と初めてお会いしたのは、一年ほど前です。さっきお話にあった旗本の松平何某が取り巻きと一緒に、忠憲様を連れて現われたのです」

「なに、松平蔵之介が連れて来たのか」

「松平何某は、顔立ちが整った優男でしたが、本性は大違い。大身旗本であることを鼻にかけ、偉そうにしている男でした。何につけ、金を見せれば、どんな女もなびくと勘違いしている下種(げす)な男です」

生島は蔵之介の名をいわず、何某としか言わなかった。

「それで忠憲は？」

「松平何某は、宴席で大人しく静かにしている忠憲様を、まるで下っぱの家来のように扱い、嫌がる酒を飲ませたり、女を抱いたことはないだろうなどとからかったり、嘲笑（あざわら）ったりしていたのです。忠憲様は、それでも、席を立たず、じっと我慢しているようでした。あまり松平や、その取り巻きの下種野郎たちが忠憲様をいたぶっていたので、あちきは忠憲様が可哀相になり、わざと忠憲様の側に寄ってお相伴（しょうばん）をして、松平たちにあてつけたんです。そうしたら松平たちは、あちきと忠憲様の仲がいい様子に、何も言わなくなったんです。それ以来、松平たちはぱったりと来なくなりました。代わって、忠憲様があちきの馴染みになってくれました」

生島は少し顔を赤らめた。

「そういう出会いだったのか」

元之輔は、生島と忠憲の出会いが、松平蔵之介の仲介だったことに、運命の皮肉を感じた。

「生島、もう一つ、願いがあるんだが」

「なんでしょう？」

「夕霧を呼んでくれぬか。忠憲が助けようというお篠を、一目見ておきたい」

「分かりました。夕霧は床に伏せったまま、お座敷にも出ようとしませんが、大塚順之介様の知り合いの御隠居様だと言えば、顔を見せるかも知れません。少々お待ちください」

生島は立ち上がり、行灯の明かりが照らす廊下に歩み去った。禿が生島の後に続いた。

元之輔は腕組みをし、廊下を見つめた。

忠憲は、なぜ、あんなに夕霧の足抜けに拘り、順之介のために尽力するのか、疑問が湧いてきた。夕霧ことお篠に固執する何か深い理由があるのではないか。

廊下に生島と禿、そして、もう一人の女の影が現われた。禿の小さな影を真ん中に挟み、三人は手を繋いで歩いて来る。

やがて三人は部屋の前に着くと、生島に背を押されるようにして、若い娘が部屋に入って来た。娘は元之輔の前に正座した。

「御隠居様、夕霧にございます」

夕霧は両手をついて、元之輔に島田髷の頭を下げた。

「お篠だね。おぬしのことは順之介から聞いている」

夕霧は細面に目鼻立ちが整った美しい、清楚な娘だった。蠟燭の炎の明かりが憂い顔を照らしていた。昼間、玄関先で順之介の背に顔を押しつけていた娘だ。

「私も順之介様から御隠居様のこと、伺っております」

お篠は無理に笑顔を作ろうとして、頬を歪めた。だが、笑えなかった。

脇に座った生島がお篠の背を撫でた。

「夕霧さん、元気出して。そんな哀しい顔をしていると、順之介様に嫌われるわよ。女が元気でいれば、男も元気でいられるの」

「はい」

お篠は顔を伏せた。涙ぐんでいる。

元之輔は思わず励ました。

「お篠、きっと順之介や忠憲が、おぬしのことを、ここから救い出す。それまでの我慢だ」

「そうよ。夕霧さん、順之介様、忠憲様を信じましょう。きっと救け出してくれる」

生島はまるで、己れを励ますように言った。

廊下の先から、階段を上る足音が響いた。やがて、年増の女が現われ、元之輔に頭を下げると夕霧に言った。

「夕霧さん、病気なんだから部屋に戻って、休んでいなければだめですよ」

「はい。では、御隠居様、これで失礼いたします」

お篠は立ち上がり、頭を下げ、禿に手を引かれて廊下を戻って行った。

「……夕霧さんは、いつまで経っても、ああだから困ったものねえ」

年増の女は独り言のように呟いた。それから、生島に向かって言った。

「生島さん、そろそろ越後屋さんがお見えになります。お支度をお願いしますよ」

「はい。すぐに」

生島は明るく返事をし、元之輔に言った。

「御隠居様、また御出でください。馴染みのお客様ですからね」

生島は元之輔に深々と頭を下げた。

四

翌日、朝から雲一つなく、青空が広がっていた。太陽がじりじりと照りつけはじめていた。神社や寺の境内の木々で、油蟬が喧しく鳴き立てている。

元之輔は、昨夜、深川から帰って寝床に入ったものの、悶々として寝付かれなかった。いや、一度は微睡んだのだが、夢に憂い顔のお篠が順之介と刀で刺し違えて相対死するのを見て、目が冴え、眠れなくなったのだ。

憂い顔さえしていなければ、お篠は整った顔立ちの別嬪だった。顔に化粧をして夕霧になれば、間違いなく美形の花魁となり、金嬉楼でも売れっ子になる。

だから、お篠は遣り手婆がいくら化粧するように勧めても、頑なに化粧をせず、部屋に閉じ籠もっているようだった。

そのお篠を忠憲は、なぜ、あのように熱心に身請けしようとしているのか？　順之介の許婚を救うという大義名分もあるが、ほかにも何かわけがあるように思えてならなかった。

その疑問を解く鍵は、忠憲が母お志乃の七回忌から、急に荒れはじめたことにある。そう思えてならなかった。

元之輔は舟で音羽に足を延ばした。田島結之介の言った通り、友愛医院は護国寺のすぐ近くに見つかった。

友愛医院は、古い仕舞屋を改築し、診察室や手術室を備えていた医院だった。隣接する長屋が入院患者を収容する病室になっていた。

医院の待合所には大勢の患者たちが詰め掛けていた。元之輔は受付の女性に幸庵先生にお会いしたい旨を告げた。

受付の女性は、困った顔をした。

「ご覧の通り、診療希望の患者さんたちが大勢いらっしゃいます。出来れば診察時間が終わった後に、お越し願えませんでしょうか」

「先生の診察が終わるのは、いつでしょうか？」

「通常ですと、夜でございます」

「さようですか。一目先生にお目にかかるだけでもよかったのですが」

「御免なさい。それも無理かと思います」

「そうでござるな。いや無理を言って申し訳ない」

元之輔は患者たちを見回した。この人数では、夜になっても、人は絶えないだろう。夜まで、ここで待つか、あるいは、いったん深川に戻り、夕方に出直すか。

その間にも、診察してほしいという患者が次々に受付を訪ねて来る。

元之輔は諦め、出直そうと思った。

その時、白衣を着た若い看護婦が診察室から出て来て、受付の女性に何事かを言った。受付の女性は、棚の書類を一通抜き取り、看護婦に渡しながら、ちらりと元之輔を見、看護婦にささやいた。看護婦は書類を受け取り、うなずき、診察室の戸口に消えた。

「少々、お待ちを。看護婦さんにあなたのことを伝えました。もう少し経つと、先生は休憩し、外に出て来て、煙草をお吸いになります。その時に、お目にかかったら、いかがかと」

「かたじけない。そうさせていただきます」

元之輔は受付の女性に感謝した。年寄りの侍が、あまりに気落ちした様子だったので、女性は気の毒に思ったらしい。

ほどなく、先程の看護婦が診察室の戸口から現われ、元之輔を手招きした。元之輔は、急いで診察室に入った。薬の強い刺戟臭が鼻孔を襲った。

「庭へお出になって」

看護婦が診察室の掃き出し窓を指差した。

庭先でキセルを吹かしている白衣姿の老人の姿があった。黒髪と白髪が入り混じった髪を、頭頂で一つにまとめて髷にしている。長身で痩せた体付きの年寄りだった。

「幸庵先生、お忙しいところに申し訳ありません」

幸庵はキセルを銜(くわ)えたまま振り返った。頬が痩け落ちた顔だった。眉毛が長く、その下に優しい目があった。顎に山羊(やぎ)のような髭を生やしている。

「それがし、桑原元之輔と申す隠居にございます。実は若狭小松藩酒井家の第五子忠憲様が、乱暴狼藉も甚だしく、手に負えぬほど荒れております。それがし、隠居の身ながら、酒井家の御家中から、なんとか忠憲様を宥めて、元のような若君に戻してほしい、と頼まれております」

「忠憲様は、そんなに荒れているのですか」

「はい。それも父親藩主はもちろん、周りの者の言うことを聞きません。その荒れ具合は尋常ではありません」

「それは、いつからですかな」

「亡くなった母お志乃様の七回忌から、突然に暴れはじめたのです」

「ふうむ。なるほど」

幸庵は目をしばたたいた。

「心当たりはございませぬか？」

「もしかして、私がお志乃様からお預かりしていた遺書を、忠憲様に渡したからかも知れません」

幸庵は哀しげな表情になった。元之輔は訝った。

「お志乃様の遺書があったのですか」

「はい。お志乃様が自害なさった時に……」

元之輔は驚いた。

「ちょっと待ってください。お志乃様は病死ではなく、自害なさったのですか？」

幸庵は大きくうなずいた。

「そうです。胸元を懐剣で突いて」

「幸庵先生は、現場にいたのですか？」

「はい。あの日、お志乃様の使いが来て、病に伏せっているので、すぐに診に来てほしい、と呼ばれたのです。私は当時、藩の典医をしておりました。私がお志乃様の寝所に駆け付けると、人払いされた部屋に、お志乃様お一人が布団にぐったりと横たわっておられた」

幸庵は遠くを見る目付きになった。

「寝所には血の匂いがしたので、これはおかしいと急いで枕元ににじり寄りました。掛け布団を捲ると、お志乃様の胸元が血に染まっていた。お志乃様の右手には血だらけの懐剣が握られていました。慌てて私が人を呼ぼうとしたら、お志乃様が私を止めました。息も絶え絶えに、お願い、忠憲が大人になったら渡してと、震える手で血に塗れた書状を差し出したのです。どうか御上には内緒にと言って、事切れました」

「……どうして、お志乃様は先生に遺書を託したのですかな」

元之輔は幸庵を見た。幸庵はうなずいた。

「私が、日頃、医者として、お志乃様の悩み事をお聞きし、何かと相談に乗っていたから、私を信頼してくれたのでしょう。お志乃様は殿のお手付きになった時、助けを呼んでも、誰も助けてくれなかったのです。それで周りの者を誰も信用出来ず、一人孤独でした」

「ううむ」

元之輔は、お志乃の胸中を思った。奥に居る者は、みな殿の味方、己れの味方は誰一人いない。唯一、典医の幸庵だけが、親身に相談に乗ってくれた。お志乃は、たった一人孤独に耐えていたのに違いない。

「私は藩の典医でしたから、藩の御家老の指示に従わなくてはならなかった。それで、御家老が言う通り、病死と発表したのです」

「なぜ、お志乃様は自害なすったのです？」

幸庵は言葉を選ぶようにしながら話した。

「お志乃様の死には、一言では説明しにくい、個人的な事情があるのです。それをすべて、お話ししてもいいものかどうか、実は迷っています」

「御上は、その遺書についてはご存知ないのですか？」

「知らないでしょう。お志乃様との約束を守り、ずっと誰にも言わず、内緒にしてましたから」

「御上は、お志乃様が自害したのを知っていたのですな」

「もちろん、ご存知です。近習の者が知らせ、御上はお志乃様の寝所に駆け付けましたから。御上は、自害なら、きっと遺書があると、ご家来たちに、寝所を探させたのです。お付きの御女中たちにも聞き回りましたから。だけど、ほかに遺書はありませんでした」

「御上は、なぜ、お志乃様の自害を隠し、病死にしたのですかね？」

「人は誰でも、己れの失態を隠そうとするものです。良心の呵責にかられて。御上はお志乃様が、なぜ、死を選んだのか、よくご存知だったはずです」

元之輔は訝った。

「お志乃様の遺書を、ご覧になったのですか？」

幸庵は少し躊躇しながらもうなずいた。

「はい。忠憲様宛ての遺書でしたから、本当は読んではいけないと思いましたが、私が江戸を留守にして、長崎に留学している間に、万が一にも、遺書を紛失したり、火事で焼失したり、誰かに盗まれたりしたら、忠憲様に渡すことが出来なくなる。そこで私は遺書の中身を読ませていただきました。私が覚えていれば、万一遺書を失しても、お志乃様の遺言を忠憲様にお伝え出来る、と思って」

「いったい、何が書いてあったのです?」

幸庵は逡巡したが、口を開いた。

「……お志乃様には将来を言い交した許婚がいたのです。殿はそれと知りながら、御下方だった美しいお志乃様を見初め、手込めにし、そして、側女に召し上げた」

「……そうだったのですか」

「御上は側女にしたお志乃様が、なおも許婚のことを慕っていると知ると、その侍を在所に帰し、在所から出るのを禁じて、江戸のお志乃様と逢えないようにしたのです」

「……その侍の名前は?」

「秋月謙之介という馬廻り組の侍です」

「殿の近侍ですな」

「お志乃様は遺書にこう書いていたのです。殿のお手がついた直後、お志乃様は秋月謙之介と、一夜枕を共にしており、その時にお腹に宿したのが、忠憲、そなただ。そなたは、愛する秋月謙之介の子。このことを知っているのは女の私しかいない、と。

これが、せめてもの殿への復讐だ、と書かれてあったのです」

「…………」

元之輔は衝撃を受けた。女しか知らない真実？　血の復讐か？

幸庵は続けた。

「秋月謙之介が、在所に飛ばされた後、十年の月日が過ぎようとした時、秋月謙之介は藩に無断で在所を抜け出し、江戸に上がりました。殿は刺客を送り、藩命に背(そむ)いたとして、秋月謙之介を上意討ちにしたのです」

「脱藩したわけでもなく、ただ在所を無断で出たのがいけないというのですか」

「おそらく殿は、秋月謙之介が、無断で江戸へ上がったのはお志乃様を忘れられず、逢いに来たのだろう、と思われたのではないですかな」

「秋月謙之介は、なぜ、藩に無断で江戸に上がったのですかね」

「私が聞いたところでは、秋月謙之介は、御新造綾(あや)の父佐原九兵衛(さはらきゅうべえ)の三回忌に出ようとしたらしいのです。秋月は上士に、その旨を申請したが、上士は許可したものの、藩家老は秋月が在所を出るのを許可しませんでした。そのため、秋月は藩の許可なく、江戸行きを強行しました。その法事にはお志乃様も出席することになっていたらしいのです」

「そうか。殿は秋月謙之介が法事を口実に、お志乃様と逢おうとしていると勘繰ったのですな」

「おそらく殿は、お志乃様を秋月に取られるのではないか、と嫉妬に駆られたのでしょう。そうでなければ、殿は上意討ちなど命じなかったと思います」

「ふうむ」元之輔は唸った。

女の嫉妬は恐ろしいが、男の嫉妬も劣らず恐ろしい。

「それと知ったお志乃様は、御上にあてつけるように自害をなさったのです」

遺書を読んだ忠憲が、怒り荒れ狂うのは当然だと元之輔は思った。

「先生、そろそろ、お願いします」

幸庵を呼ぶ看護婦の声が聞こえた。

「もう行かねばなりません。患者たちが待っておりますので」

「ありがとうございました。おかげで、忠憲様が荒れる原因がよく分かりました」

元之輔は幸庵に深々と頭を下げた。

幸庵は看護婦と一緒に診察室に戻って行った。

五

「お志乃様に、そんなことがあったのですか。……忠憲様は、ほんとうにお可哀想……」

彩織は、元之輔の話に言葉を詰まらせた。

みんな押し黙った。

隠居屋敷の庭の木立から、蟬時雨が喧しく響いていた。

田島が腕組みをしながら言った。

「忠憲様の荒れる理由は、分かりましたが、それにしても、忠憲様が、なぜ、夕霧の足抜けに熱心なのか、分かりませんな」

元之輔もうなずいた。

「うむ。もし、お志乃様が言うように、忠憲が秋月謙之介の子だったとしたら、そのあたりに、なぞを解く鍵がありそうだな」

彩織が聞いた。

「どういうことです？」

「おそらく、忠憲は実父かも知れぬ秋月謙之介について、いろいろ調べたのではないか。わしなら、まずそうする。そうして何か隠された事情を知った」

「どんな事情ですか？」

彩織が聞いた。

「それが分かれば世話はない。彩織、済まぬが下屋敷に帰って、その後の秋月家について調べてくれ。おそらく秋月家は御家断絶し、家族は路頭に迷っているかも知れぬ。もし、そうだったら、忠憲は黙って見ておらぬだろう」

「分かりました。大至急に調べます」

彩織は何か覚悟した顔でうなずいた。

そこへ勘助が慌ただしく、駆け込んだ。

田島は訊いた。

「どうした？　何か分かったか？」

「忠憲様が、金嬉楼に上がりました」

「そうか。やはり、生島の言う通りだったな」

「それで、ほとんど長居をすることなく出て来て、舟に乗りやした」

「今度はどこに？」

「日本橋の越後屋本店でやした。そこで、しばらく張り込んでいたら、越後屋の若旦那と連れ立って出て来て、仲良く話をしていた。そして今度は屋根船に乗り込みやした」

「その若旦那というのは、生島の馴染み客ではないか？」

「へい。越後屋の駒次郎っていう若旦那でやす」

「生島がぼんぼんと言っていた若旦那かな」

「そうでやす。遊び人仲間は、みな越後屋のぼんぼんと呼んでます。越後屋のぼんぼんは、名うての遊び人で金払いがいいんで、深川、吉原、どこの遊び場でも顔が利くんで」

　勘助はにやにや笑った。

「屋根船で二人は、どこへ行った？」

「大川に出て東橋の方へ行くんで、どこへ行くんだろうと思っていたら、三味線堀に入った。そして、甚内橋を潜った先の船着場で、二人は下りやした」

「妙なところに下りたな」

「二人は鳥越神社にお参りし、裏手にある屋敷に入って行きやした。黒々とした柱や壁の不気味な屋敷でしてね」

「いったい、誰の屋敷だ？」

「聞き込もうとしたら、屋敷の周りには、人相の悪い侍や町奴がうろついていて、とてもじゃないが、寄り付けねえんで。仕方ねえから見張るのを諦めて、浅草奥山にいるダチのところに行って、鳥越の黒屋敷は誰が住んでいるって訊いたら、知らねえのか、と馬鹿にされやした。あそこは博奕と十手の二足の草鞋の大親分大前甚五郎の根城だと。下手にちょっかいを出すと酷い目に遭うから、やめとけって言われやした。ほんとにやばそうなところです」

「大前甚五郎？　どこかで聞いたことがある名だな」

元之輔は首を傾げた。田島結之介が笑いながら言った。

「御隠居、知らなくてもいいです。闇の世界に生きる賭博の大親分ですから。左手で不法な博奕をやりながら、右手の十手で取り締まる。後ろには幕府がついているんで、町方役人も、火付盗賊改も手が出せない」

「そうか。大前甚五郎が千両無尽の筒元というわけか」

元之輔は、なるほど、と唸った。

「なんです、その千両無尽というのは？」

元之輔は生島から聞いた千両無尽講の話をした。忠憲は越後屋の若旦那と一緒に、千両無尽の筒元に直談判に乗り込んだのか。

　忠憲も、ようやるなあ、と元之輔は思った。

　千両無尽の成員になるには、いろいろ条件や決まりがあるのだろうが、忠憲なら猪突猛進に突き進むように思えた。

「本当ですね、生島さんがいっているように、どうして、忠憲様は順之介さんとお篠さんを助けるために、そんなに力を入れているのでしょうね」

　彩織はため息をついた。田島結之介が言った。

「御隠居、順之介を問い詰めてみませんか。順之介は頑なに口を噤んでいるが、何かを知っていると思うのです。この際、脅してでも、白状させませんか。忠憲様が、あんなに必死に動いているのに、済まないと思わないのかって喋らせる」

　元之輔もうなずいた。

「そうだな。いま順之介はどこに居る？」

「それがしが、順之介の家に行って来ます」

　田島結之介は立ち上がった。勘助も一緒に立った。

「あっしも、行きましょう。家に居なかったら、手分けして探します」

「じゃあ、二人で行って順之介をここに連れて来てくれ」

彩織も立ち上がった。

「御隠居様、私も屋敷に戻り、秋月様について調べます」

「うむ。頼む。わしは、ここに居る。何か分かったら、すぐに来てくれ」

元之輔は大きくうなずいた。

六

元之輔は深川祭りからこの方、うろうろと歩き回ったせいか、足腰が痛むし、軀の節々が痛む。ひどく軀に疲れが溜まっている。やはり歳のせいなのか、と反省した。夏の暑さも軀に堪えた。今日一日ぐらいは、みんなに任せて、昼寝でもしたい。

元之輔は、風通しがいい廊下に、二つ折りにした座布団を枕にして横になった。午後の陽射しは、かなり暑いが、日陰になった廊下は、微風の通り道になっていて、涼やかだった。風鈴の音が快く、眠気を誘った。

どのくらい、微睡んだろうか。顔に西日がかかり、眩しくなったので、元之輔はゆっくりと軀を起こした。

お済が気を利かし、冷たい麦茶を入れた湯呑み茶碗を持って来てくれた。元之輔は、礼を言い、麦茶を飲んだ。

生け垣越しに、田島結之介の急いて歩く姿が見えた。一人だった。順之介と勘助の姿はない。

元之輔は廊下に胡坐をかき、両腕を大きく広げ、背伸びをした。昼寝をしたら、だいぶ疲れが取れた感じだった。

「田島様、お帰りなせえ。暑かったべな」

下男の房吉が箒で庭を掃きながら、田島を迎えた。

「暑い暑い。御隠居、ただいま帰りました」

田島は汗をかきかき、庭先に入って来た。

「お疲れさまです」

お済が気を利かせ、麦茶を入れた湯呑み茶碗を用意した。

「お、ありがとう」

田島は廊下に腰を下ろし、麦茶を旨そうに飲み干した。

「順之介はいなかったようだな」

「はい。残念ながら、家を出たばかりとのことでした。それで岡仲の『陣屋』に行ったかと思い、加組の詰め所も覗いてみたんですが、そこにも居りませんでした。ただ、加組の組頭の鉄五郎親分に挨拶したら、お預かりした手紙は、たまたま顔を出した忠憲様に確かに手渡しましたのでご安心をとのことでした」

「そうか。忠憲は彩織の手紙を受け取ったか。それは一安心だな。彩織が来たら伝えよう」

「なんの手紙なんですか?」

「田島には話してなかったか。常陸山中藩の関家から婿養子の縁談が、忠憲に来ているのだ。関家は非常に忠憲が気に入っているらしく、返事を急かしている。彩織が、そのため、一刻も早く忠憲に屋敷に戻って来てほしいと言っているんだ」

「さようですか」

田島は浮かぬ顔をした。

「どうした? 結構な縁組の話ではないか。何か気になるか?」

「御隠居、急ぐのは何かわけがあるからでしょう。御隠居がまだ江戸家老だったころ、常陸山中藩の江戸家老とは面識があったのではございませんか。念のため内部事情をお探りになってはいかがです?」

「なるほど。そうだな」

常陸山中藩関家五万石の江戸家老には、城中の控えの間で何度か会ったことがある。

たしか、万城昌衛門だった。

　何番か碁を打ったことがあるが、へぼ碁だった。気難しい男だが、真面目さがそうさせるのであって、親しくなれば気が置けない仲になれそうだった。

「ところで、御隠居、帰りに気付いたことですが、どうやら、ここは何者かに張り込まれているようですぞ」

「なに？　張り込まれておるだと？」

　元之輔は庭先を見回した。

「それがしが、ここへ帰って参りましたら、雑木林の中に、二人ほど見知らぬ侍が座り込んでいました。どうやら、二人は隠居屋敷を窺っていたようでしたが、気付きませんでしたか」

「いや。寝転んで昼寝をしておったからな。見張っていても何の動きもしなかったから、気の毒だったな」

「それがしが帰り際に空き地の木陰にいる二人をじろりと見たら、ふたりは慌てて飛び上がり、中川の方に逃げて行きました。

「どんな風体の侍たちだったか？」

「このくそ暑い夏なのに、黒紋付に野袴姿でしたな」

「そのいでたちは、深川祭りの雑踏に居て、こちらを刺すような目で見ていた輩ではないか？」

「かも知れません。ま、用心に越したことはないので、二人に用心するように言っておきます」

田島はお済に、もう一杯麦茶を所望していた。

雑木林の方から、喧しい蟬時雨が響き渡っていた。なぜ、わしらが見張られるのだ？

元之輔は扇子を広げて扇いだ。

七

庭の樹木から油蟬の声が聞こえていた。

忠憲は正座し、頭を垂れていた。傍らの越後屋駒次郎も、神妙な顔でうな垂れていた。

祭壇を背にして座った大前甚五郎は、じっと腕を組み、渋い顔をしていた。

「忠憲さん、悪いが、おめえさんを千両無尽に加えることは出来ねえ。いくら、百両、揃えて出されても、おめえさんを組員に入れるわけにはいかねえ」

「大親分、どうしても、だめでござるか」

大前甚五郎は優しく答えた。

「いいかい、千両無尽講は、世間の頼母子講とは違い、慈善の講じゃあねえんだ。欲に絡んだ情け無用の金儲けの講なんだ」

「たった一度でござる。一人の哀れな女を救うと思って……」

「若いの、いくら言ってもだめだぜ。いいかい、夕霧とやらの足抜けに、一度でも千両無尽が使われたら、次から次に俺も私もと、千両無尽講に押し掛けて来るだろう。金儲けのための闇の講の旨味がなくなっちまうんだ」

駒次郎が怖ず怖ずと言った。

「大親分、そこをなんとかお願い出来ませんでしょうか。わたしからも、お願いします。夕霧を請け出すためには、どうしても五百両が必要なんです」

「若旦那、あんたから頼まれても、だめなものはだめだ」

「私の身代として……」

大前甚五郎は、ぎょろ目で、じろりと駒次郎を見た。

「越後屋、一人一株一代限り、身代わり譲渡一切なしという、千両無尽の掟を破るつもりなのかい」

「いいえ、そういうわけではないんで」

「何か考え違いをなすっていないかい。千両無尽講は、決して表に出せない闇の講だってことを。お天道様の下に出したら、あっしもあんたも、みんな捕まって、獄門磔か、良くて遠島だ。だから掟破りする者は、即死んでもらうことになっている。おめえさん、それを覚悟しているのかい」

「いいえ。とんでもない、掟破りなんて」

「大前の大親分。申し訳ない。こんな話を持ち込んだのは、それがしだ。それがしが無理に越後屋に頼んで、大親分に会わせてもらったんで、越後屋には責任はござらぬ。罰するなら、それがしを罰してくだされ」

「死んでもいいと言うのかい?」

大前は静かに言った。

「いいとは言えぬが、越後屋の駒次郎さんの命と引き替えならば、それがしは死んでも仕方がない」

「ほんとうかい?」

大前甚五郎は薄ら笑いをした。

「嘘ではない。武士に二言はない」

忠憲は背筋を伸ばし、大前甚五郎をきっと睨んだ。

忠憲は本気だった。

千両無尽が、お篠を助けるために縋った最後の藁の一本だった。大前甚五郎から、その千両無尽講に入れないと宣言された時、死を覚悟した。お篠を救えないなら、死んでも仕方がない。

大前甚五郎はにやりと笑った。

「忠憲さん、若いのに、いい覚悟だ。気に入ったぜ。分かった。今日のところは、掟を破った越後屋の駒次郎も、破らせた忠憲さんも、黙って見逃してやらあ。このまま、大人しく帰えんな」

大前甚五郎は近くにいた若い者を呼んだ。

「おい、お客人たちがお帰りだ。お見送りしろ」

若い者たちが、どやどやと忠憲と駒次郎を取り囲んだ。

「申し訳ありません。大親分、もう二度とこのような真似はいたしません。お許しいただきありがとうございました」

駒次郎は大前甚五郎に平謝りに謝っていた。

その駒次郎の脇で忠憲は腕組みをし、じっと目を瞑っていた。千両無尽がだめならば、いったい、どうしたらいいのか。忠憲は、お篠の哀しみに沈む顔を思い浮かべ、ため息をついた。

お篠が廓から出ることが出来る最後の最期の手段は、ただ一つ、死ぬしかない。お篠をこの手で斬って楽にし、己れも果てるか。

大前甚五郎は、キセルを吹かしながら、忠憲をじっと見つめた。

「若いの、おめえさん、死ぬつもりだな」

「……うむ」

「分かった。男大前甚五郎、おめえさんが最期の死花を咲かせるのを、じっくり拝見させてもらうぜ」

大前甚五郎は、忠憲の顔を見ながら、にんまりと笑った。

第五章　江の島心中

一

強い陽射しが神田川の水面に照り返していた。猪牙舟が立てる小波が光り輝いている。

舟は浅草御門を過ぎ、やがて新シ橋(あたらばし)の袂の船着場に着いた。

元之輔は舟を下り、船頭に船賃を払った。

岸に上がると若狭小松藩酒井家の中屋敷の前に出た。側室の子である次男忠義と四男の忠道が居る屋敷だ。

常陸山中藩の江戸藩邸は、その酒井家の塀沿いの道を北へ進んだ先にあった。その付近は地方の大名屋敷のほか、旗本御家人の小屋敷がひしめいている。

元之輔は山中藩の江戸藩邸の玄関の三和土に立ち、訪いを告げた。廊下に出て来た侍に、江戸家老万城昌衛門にお目にかかりたいと告げた。どちらさまでと訊かれ、元之輔は羽前長坂藩の元江戸家老の桑原と名乗った。

ほどなく元之輔は供侍に、廊下の奥にある書院に案内された。書院にいた万城昌衛門は、にこやかな顔で元之輔を迎えた。挨拶を交わすと、昌衛門はさっそく碁盤を持ち出して来た。

「どうだ、一局」

「おいおい、わしは碁盤を囲みに参ったわけではないぞ」

「どうせ隠居になって暇だから、四方山話（よもやまばなし）でもしようと思って参ったのだろうが。それとも真面目な話か」

昌衛門は鋭く目が光った。

「いや、挨拶がてらの気楽な話だ」

「そうだろう。だったら四方山話は碁をやりながらに限る」

昌衛門は白石の碁笥（ごけ）を元之輔に押しやり、自分は黒の碁笥を引き寄せた。

「それがしが先手でよかろう。これまでおぬしと碁を打って勝った記憶がない」

昌衛門はそう言いながら、早打ちで黒石を置き、布石をしていった。元之輔は笑いながら、黒の布石に対抗して白石を置いた。

「そうかな？　勝負は、どっこいどっこいだったような気がするが」

「いや、十三勝二敗だ、おぬしが十三勝、な」

「ちゃんと覚えているじゃないか」

元之輔は苦笑した。昌衛門は序盤の布石が一応終わると、ぽつりと言った。

「おぬしは楽隠居だろうが、わしはどうやら隠居させられそうだ」

「どうしてだ？」

元之輔は右上辺を固めようとする黒石の意図を見抜き、あえて戦わず左下辺に白の陣地を固めた。

「内緒だが、うちは、あいかわらず、お世継をめぐって揉めているんだ」

「たいへんだな。いまは何で揉めているんだ？」

「前のままさ。決着がつかないんだ」

関家の当主には嫡子がなく、その代わりに、娘が二人いた。家老たちは、その二人の娘のどちらかに、他家からしっかりした婿養子を迎え、関家の跡取りにしようとした。

そこで守旧派の家老たちは、正室が産んだ長女お琴に、改革派家老や若手の中老たちは側室が産んだ次女の美沙緒に、それぞれ婿養子を迎えようと争った。

「どうして決まらないのだ?」

「一時は長女の婿養子が決まった。これでいい、と安心したら、その婿養子になる男が、流行病で急死して縁組がご破算になった」

「それは気の毒にな。長女お琴様は可哀想だな。次女の方は?」

「それが、次女の美沙緒様は、若くて美形なのだが、なにせ男勝りでな。婿殿と何度かお見合いしたのだが、あの男は軟弱で嫌だと言い出した。それで、こちらもご破算になった。それで振り出しに戻った。いま、守旧派も改革派も、必死にいい婿殿を探している」

「それでどうして昌衛門が隠居させられそうなのだ?」

「それがしが在所の家老たちにちょっと文句を言ったからだ。もう少し、若手の意見を聞けと。それが気に食わなかったらしい。それがしは、改革派だと見られた」

「在所の家老というのは、頭の固い連中か?」

「うむ。守旧派だ。それに対して若手の藩政改革派が頑張っておる。お、ちょっと待った。その石、待て。そう来るとは思わなんだ」

「だめだ。待ったはなしだ。一度、置いたら石は取るわけにいかん」

「しょうがないな」

　昌衛門はため息をついた。

「いま、どうなっているんだ？　次女の美沙緒様に相応しい婿候補を見付けた」

「改革派の若手が、次女の美沙緒様に相応しい婿候補を見付けた」

「どこの御曹司だ？」

「まだ正式に決まったわけじゃないから、言うなよ。酒井家の第五子だ。美男だそうだが、生意気盛りの男でな。少々腕に自信があるらしく、物頭が若君に婿養子になってほしいと挨拶に行ったら、いきなり刀を抜いて斬り掛かったそうだ」

「ふうむ。困った腕自慢のはねっ返りだな」

　元之輔は笑い、黒の地を潰す一石を打った。

「おい、それはないだろう。卑怯な」

「碁に卑怯もくそもない。先を読んでいないのが悪い」

「……なんてこった」

　昌衛門は腕組みをし碁盤を睨んだ。

「で、どうした？」

「何が。あ、そうか。腕自慢のバカ君か。物頭は、我が藩でも一、二の腕の剣客だ。

不意に打ち掛かった木刀を奪い取り、バカ君に突き付けた。『御戯れもいい加減にしないと、怪我をするぞ』と」

昌衛門は、妙手(みようしゆ)を見付けたらしく、嬉しそうに黒石をぴしりと打った。

「木刀？　さっきは真剣で斬り掛かったと言ってたぞ」

「話はでかい方が面白いだろう」

「それで、どうした？」

「立花(たちばな)は、あ、物頭は立花右近(うこん)という強者なんだが、あんな乱暴なバカ君は、姫の婿に相応しくないと美沙緒様に報告した」

「ふむ。そうしたら？」

「美沙緒様は面白がって、ぜひ、そのバカ君とお見合いしたい、と言い出した。立花も、考えてみれば、いまの時代に、あれだけ鋭い打ち込みをする若君もいない、と思ったそうだ」

「それで？」

「さっそく、いま一度、仕切り直し、若君を訪ねて美沙緒様とのお見合いをしてほしい、と申し入れた」

「返事は？」

「まだない。だが、家老たちは急げと催促している」

「どうしてだ？」

「……実は御上の具合が悪い。脇腹が痛むと言って食欲がない。日に日に、お痩せになっている。正直、あと何日かの寿命ではないか、と危惧しておる」

「医者はなんと言っているのだ？」

「あの藪医者たちは、食中り(あた)をし、それが悪化している、いろいろ漢方薬を試しているが、このまま治らなければ、覚悟せねばならんだろうと言っておる。だから、なんとしても亡くなられる前に、お世継を決めねばならないんだ」

「一度、いい蘭医に診てもらったらどうだ？」

昌衛門は石を打つ手を止めて元之輔を見た。

「誰かいい蘭医を知っているのか？」

「うむ。わしが知っている幸庵という蘭医は名医らしい。護国寺近くで医院を開業している」

「ぜひ、紹介してくれ。どうも、藩の御殿医どもは藪で頼りにならん」

「後で紹介状を書こう。それより、おぬしの番だ」

「おう。そうだったか」

昌衛門は碁盤を睨み唸った。破れかぶれの勢いで黒石を打ち、白石に囲まれた黒地の延命を図った。

「守旧派の家老たちの長女の婿探しは、続いておるのだろう?」

「だが、難航しているらしい。必死に良家の部屋住みを探しているが、なかなかいない。酒井家の部屋住みにも目を付けたが、立花たちに先に取られた。それで、在所の守旧派家老たちは、改革派が探し出した婿殿を横取りしようとしはじめたらしい」

「横取り? それは何だ?」

「婿候補を横からかっさらって、長女お琴様の婿にしようとしているらしいのだ。言うことを聞かねば、消してしまおうという魂胆(こんたん)らしい」

元之輔は思わず憤慨した。

「なんて馬鹿なことを」

昌衛門は石を打つ手を止め、怪訝そうに元之輔を見た。

「ああ、済まぬ。うちの藩でも似たようなことがあってな。つい腹を立ててしまった」

「そうか……」

「それで守旧派家老たちは、刺客たちを江戸に送ったのではないか?」

「……そうらしい。それで、それがしが、いくらなんでも、そんな内輪争いはまずい。幕府が知ったら、大問題になる、下手をすれば、常陸山中藩はお取り潰しになる、刺客を出すなどもってのほか、と守旧派家老たちに手紙を出した」

「そうか。で、守旧派家老たちの返事は？」

「なしの礫だ。念のため、上屋敷、中屋敷、下屋敷全部に、在所から刺客らしい者が来たら、報告しろと命じた」

「何か報告はあったか？」

「いや、ない。たぶん、守旧派家老たちも自制して、美沙緒様の婿探しを邪魔するのはやめ、お琴様の婿探しに力を入れているだろうと思う」

「そうだといいが」

「……おぬし、もしや、酒井家の江戸家老たちと話をしているのではないか」

「いや。酒井家の家老たちとは付き合いはない」

「ま、付き合いがあってもいいが、いま話したことは内緒にしておいてくれ」

「分かった。内緒にする」

　元之輔は、嘘をつく自分がつくづく嫌になった。碁盤の石を見た。僅差で白地が負けている。昌衛門は、得々として、黒地と白地を数えていた。

「どうやら、三目半勝ちになっておるな」

元之輔は腕組みをしながら、山中藩の守旧派家老たちが江戸に出した刺客たちとは、忠憲や彩織を付け回す侍たちではないか、と思うのだった。

二

元之輔は山中藩の藩邸を出た足で、若狭小松藩下屋敷に回った。

門番は元之輔を彩織の伯父だと思い込んでいたので、何も言わず、すんなりと屋敷に入れた。

彩織の居間は、七、八人の御女中が集まって興奮した口調で姦しく話し合っていた。

座り机が何基も並び、その上に巻紙が広げられ、筆で何事かが書いてあった。

元之輔が居間の前に立ち、何事かと御女中たちを見下ろした。御女中たちの中から、彩織は立ち上がった。

「御隠居様、お帰りなさいませ」

「お帰りなさいませ」

御女中たちも話すのをやめ、一斉に元之輔に頭を下げた。

「たいへんなことが分かりました。ここでは、お話ししにくいので、お隣の間にどうぞ」

彩織は元之輔を隣の控えの間に連れて行った。まだ隣室の居間では、御女中たちがあれこれと話し合っている。話している内容は、よく分からなかった。

だが、みんな何かに興奮している。いったい何があったのだろうか？

元之輔は控えの間に胡坐をかいた。

庭に面した障子戸は開け放たれていた。枯れ山水を模した庭園を眺めることが出来る。軒に吊るした風鈴がかすかに揺れ、涼しげな音を立てた。

彩織は元之輔の前に正座した。元之輔は胡坐をやめ、膝を揃えて座り直した。

「御隠居様、みんなで手分けして調べました。私一人では、とても調べることは出来なかったことです」

「うむ。何が分かったのかな」

「私たちが調べたのは、上意討ちされた秋月謙之介の家族が、その後、どうなったかです。秋月家は御家断絶、お取り潰しになり、在所では屋敷から追い出されました」

彩織は大判の紙を広げた。そこには、人と人を線で結んだ相関図が描かれてあった。書かれた名前や事柄を見ながら、説明しはじめた。

「秋月謙之介の御新造の綾は、まさか夫が殺されることになるとは思わず、娘お篠ともども、江戸に来ていました。亡くなった父親佐原九兵衛の三回忌のためでした」

元之輔は思わず唸った。

「なに、お篠は、秋月謙之介の娘だというのか?」

「はい」

「ということは……」

元之輔は腕を組んで唸った。頭が混乱した。まさか、という疑念が頭を駆け巡った。

「そのことは、また後でご説明します。順序立ててお話しすれば、まず佐原家当主佐原九兵衛のことから話さねばなりません」

彩織は紙に書かれた相関図を見せた。

「佐原九兵衛は士分でなく、若狭小松藩馬廻り組組頭杉山貴衛門(すぎやまたかえもん)に奉公していた武家奉公人でした」

「そうか。佐原九兵衛は武家奉公人のう」

武家奉公人は大小の刀を腰に差し、見かけこそ武士の格好をしているが、身分は武士ではなく、主人の武家に仕えている侍だった。

仕えている武家の家人として身分が保証されるが、幕府や藩から公に武士の身分として認められているわけではない。

「主人の杉山貴衛門は、藩邸外の拝領屋敷に住んでいました。佐原九兵衛は、その杉山家の若党として奉公しており、近くの武家長屋に家族三人で暮らしていたのです」

「うむ」

「佐原九兵衛のお内儀は優美(ゆみ)という町家(ちょうか)の女で、夫婦の間には二人の娘がいました。長女のお志乃、三つ離れた次女で妹の綾です」

「なるほど。お志乃は佐原九兵衛の娘だったのか」

「はい。お志乃と綾は近所でも、評判の美人姉妹でした。母優美は、娘たち二人に、子どものころから、歌や三味線、笛、太鼓などの芸事を習わせたのです。というのは、優美はもともと深川の芸妓で、三味線や唄が上手だった。女は芸事を身に付けていれば、暮らしていける。そういう思いで娘たちに芸事を教え込んだのでしょう」

「…………」

「お志乃と綾姉妹は、優美の血を受け継ぎ、三味線や唄が上手な娘に育っていったのです。二人は子どものころから親子ともども、神田明神のお祭りなどの御囃子に駆り出されていたとのことでした。そのころが、佐原家の幸せの絶頂期だったと思います」

隣の部屋の御女中たちの姦しかった話し声がやんでいた。だが、女たちの気配はある。どうやら、御女中たちは、こちらの話に耳を澄ましているようだった。

彩織は一息ついた後、別の巻紙を開きながら話し出した。

「佐原家の娘たちが神田小町と言われるような評判の美しい娘に育ったころに登場したのが、秋月謙之介でした。秋月は馬廻り組に配属されてから、組頭の杉山貴衛門の配下として屋敷に出入りしていました。そこで自然な成り行きで、秋月は佐原の娘お志乃を見初めたのです。その時、秋月謙之介は十九歳の若者、お志乃は十七歳、妹の綾は十四歳でした」

秋月謙之介とお志乃は、恋仲になり、いつか将来夫婦になると約束した。在所にいる秋月謙之介の両親は、佐原九兵衛が士分ではないので、結婚に反対だった。だが、父秋月主水は江戸に入り、お志乃に会い、その楚々とした美しさを見て、謙之介にお志乃との結婚を許した。そうして、組頭杉山貴衛門が仲人となり、秋月謙之介は佐原志乃と結納を交わした。

組頭杉山貴衛門は秋月謙之介とお志乃が結納を交わしたことをいたく喜んでいた。

杉山は、ある日、乗馬の稽古のために馬場を訪れていた御上に、善かれと思い、秋月謙之介とお志乃の婚約を報告した。

御上は、お志乃を見てあまりの美しさに驚かれ、お志乃が士分ではない武家奉公人の娘と知り、奥へ御女中として上がるように勧めた。奥で礼儀作法を身に付ければ、武家の女として、父親ともども士分に召し上げようと約束したという。だが、その約束を裏付ける書類はない。

お志乃は奥に召し上げられ、御上に三味線や歌を披露する御下方になった。

御下方となったお志乃は、ある日、老女に呼ばれ、御上の寝所に上がり芸事でお慰めしなさいと言われた。お志乃は不安に思ったが、御部屋方や御傍方たちも一緒ということもあって不安は薄れた。御部屋方に連れられ、御上の寝所に上がった。

御部屋方たちは、お志乃に支度をするようにと言い、引き揚げてしまった。一人残されたお志乃は、控えの間には御部屋方たちが居るということもあり、安心していた。

「そこに殿が現われ、お志乃様がいくら懇願しても許されず、強引に操(みさお)を奪われてしまったのです」

彩織は、そう話した後、目を潤ませ、しばらく唇を噛んでいた。

元之輔は己れがいた羽前長坂藩の大奥でも殿のお手付きとなった娘がいたのを思い出した。娘は町娘で、その後、暇を出されたが、消息は分からない。元之輔がまだ藩の要路になる前のことだ。

「お志乃様は、いくら助けを呼んでも、泣き叫んでも、近くにいるはずの御部屋方や御傍方の誰も助けに来ませんでした。一方、悲鳴や泣き声を聞いた御女中たちは、何が起こったのかおおよそ知ってはいたが、老女から知らぬ顔をしているようにと言われ、動けなかったと言っていました。老女はというと、悲鳴が聞こえる間、仏壇に向かって般若心経（はんにゃしんぎょう）を唱えていたそうです」

「……ひどい話だな」

元之輔は頭を振った。彩織は冷たく言った。

「男の人は、ひどい話ぐらいで済ませるのでしょうが、私たち女にとっては、終生、忘れられないことです。そんなことをした殿を許すことは出来ません」

「………」元之輔は黙るしかなかった。

「後になって、大奥の人たちは、みな口々に言っていました。助けてという悲鳴は外まで聞こえて、それが収まるまで、地獄だったと。当時、大奥にいた御女中は、いまごろ言っても仕方がないけど、どうしてあの時、助けに行ってあげなかったのか、と悔やんでいました」

「ううむ」

彩織の話は続いた。

お手付きの後、お志乃は奥から、一人逃げ出し、佐原家に戻った。そして、秋月謙之介にすべてを話し、互いに降りかかった不幸を慰め合った。翌日、二人は出奔しようとしたが、追ってきた家臣に捕まり、二人は引き離された。お志乃は大奥に連れ戻され、秋月謙之介は在所に帰され、しばらく謹慎蟄居を命じられた。

お志乃は大奥に戻されると寝所に軟禁された。お志乃は気の病に罹り、長い間、床に伏せっていた。そのうち懐妊していることが分かった。そして、御上のお手がついてから、ほぼ十月十日後に生まれたのが、丸々と太った元気な男の子。御上はこよなく喜び、忠憲と名付けた。子を得てからのお志乃は、元気を取り戻し、以前にも増して美しい女になっていた。

一方、在所の若狭に戻された秋月謙之介は、郡奉行の下で黙々と働き、能登各地の農村僻地を巡っては、村人たちの生活を支える仕事に従事していた。

佐原九兵衛と優美は、お志乃を取り上げられた秋月謙之介を心配した。佐原夫婦は、義理の息子になるはずだった謙之介が、お志乃を忘れられず、いつまでも独り身でいるのは気の毒に思った。そこで主人で仲人の杉山貴衛門に、姉の代わりに、妹の綾を謙之介に娶らせてはどうだろうかと提案した。

杉山貴衛門は己れが善かれと思って、御上にお志乃をお目見得させたために、謙之介とお志乃を不幸にさせたと責任を感じていた。

貴衛門は贖罪(しょくざい)の気持ちから、自ら妹綾を連れて在所に戻り、秋月家を訪ねた。

秋月謙之介は生涯独身を貫こうとしていたが、お志乃に劣らず、美しくなった綾を見て驚いた。綾は、姉と同じように謙之介を慕っていることを打ち明けた。

秋月謙之介は綾を嫁として迎えることを決心した。

彩織は厳かに言った。

「そして、秋月謙之介と綾夫婦は、玉のような可愛い女の子を授かった。謙之介と綾は、娘を篠と名付けた。お志乃を思ってのことだった」

「ううむ」元之輔は唸った。

「つまり、お篠は、忠憲様の異母妹だったのです。だから、忠憲様は、なんとしても、妹を廓から救いたかった」

彩織は興奮した面持ちで言った。

元之輔は聞きながら、深く嘆息した。

「そうだったのか。だから、忠憲はあんなに必死になってお篠を助けようとしていたのだな」

元之輔は忠憲の心中を慮(おもんぱか)った。もし、己れの娘がそんな苦界に身を沈めていたら、やはりなんとしても救い出そうとするだろう。

「……それにしても、どうして、お篠は人買いに遊廓に売られるような身になっていたのかな。秋月謙之介亡き後、残された家族は、娘を売らねばならぬほど困窮していたのか？」

「はい。それも調べさせました。父の三回忌のため、秋月謙之介と一緒に江戸に上がった綾は、謙之介の死後も、在所には戻らず、娘と一緒に江戸に残ったのです」

彩織は言葉を詰まらせた。

「気丈だった母優美も、在所から法事に駆け付けた秋月謙之介が討たれて、ついで姉お志乃までが亡くなったと知らされ、あまりにも不幸が重なり、倒れてしまったのです」

元之輔は唸るだけだった。

お篠の家は崩壊しかかっていた。

佐原九兵衛は二年前に病死。曾祖父はすでに他界、曾祖母は生きているが惚けている。かつて世話になった主人杉山貴衛門もすでに鬼籍に入っており、杉山家も代替わりして、いまは在所に戻っていた。

そうした時に母優美が倒れたのだ。娘綾は、実家に戻ったものの、働く口もなく、貯えもなくなり、生活に窮するようになった。

その後、優美は快復したものの、年老いたせいもあって病弱になり、昔のようには、水茶屋や小料理屋に出て、立ち働けなくなっていた。

綾は、若いころに母から習った芸事を活かし、浅草に出て芸妓となったのです。そして、細腕一本で家族を支えた。一人娘のお篠は、祖母の優美から芸事を習い、母の働く姿を見ながら、すくすくと育った。

その時、同じ長屋に住んでいたのが、御家人大塚善之典だった。その息子順之介は、お篠と幼なじみとなって仲良くなり、幼年時代、少年時代をともに過ごして、大きくなった。

「そんな時に、また秋月家に不幸が降り掛かったのです。今度は、芸妓の綾が過労のため、仕事中に倒れ、寝込んでしまったのです」

「なんということだ」元之輔は頭を振った。

「お篠は、病床の母、年老いた祖母、惚けた老人の曾祖母を抱えて、途方に暮れてしまったのです。働き手の母が倒れてしまったいま、収入は祖母が細々とやっている内職のわずかなお金のみ。母の病気を診てもらう医者代も支払えません。それで、お篠は、これまで自分を育ててくれた母や祖母たちを助けようと、働こうと思ったのです」

「誰か知り合いにでも、相談出来なかったのかのう」

「お篠は藁をも掴む思いで、母に内緒で、母が芸妓として働いていた料亭を訪ねたんです。女将に尋ねようとしましたが、女将は忙しくて話を聞いてくれません。そこに、母と親しい芸人仲間だという男がいた。母の仲間だと聞いて、お篠は男を信じ、働き口はないか、と相談しました」

「母親に、その芸人が信用出来るか否か、相談出来なかったものかな」

「母には内緒で働こうとしていたので、母に話せなかったのでしょう」

「…………」

「その芸人という男は、浅草界隈でも悪名高い女衒でした」

彩織は口にするのも汚らわしいといった口調で言い、赤い顔をした。

「その男が、いい仕事の口があるとお篠を連れて行った先が、深川の遊廓金嬉楼だったのです」

「そういうことか。男はお篠を騙して、金嬉楼の楼主に売り飛ばしたのだな。それで、お篠はいくら貰ったのだ?」

「二十両でした」

「その女衒には、いくら支払われたのだ？」

「楼主の金蔵によると、手数料五十両を値切られて破格の二十両を取られたと怒っていたそうです」

元之輔は驚いて彩織を見た。

「おぬしたちは、金蔵にそんなことまで訊いたのか？」

「いえ、中間小者の折助たちに頼んで調べたもので、私たち女では無理です……」

彩織は笑いながら、頭を左右に振った。

大奥の女たちも、やる時はやるものだな、と元之輔は感心した。

「大塚順之介の母親にもあたって聴きました。順之介とお篠は、幼なじみだったこともあり、互いに惹かれ合い、子どもの他愛無い約束ですが、大人になったら、お婿さんお嫁さんになろうと誓い合ったらしいのです」

彩織は微笑んだ。

「順之介は、その子ども時代の約束を忘れられず、なんとしても、お篠を救い出そうと必死になっているんです」

「うむ」

「私たちが調べたことは、これがすべてです」

彩織は話し終わり、どう思いますか、と問うように、じっと元之輔を見つめた。

元之輔は腕組みをし、しばらく黙った。

元之輔は、忠憲の気持ちがよく分かった。忠憲はお篠に母お志乃の姿を見ている。お篠と順之介の間柄を、お志乃と秋月謙之介の間柄に重ねて見ている。お志乃と謙之介の結びつきは、理不尽にも無残に引き裂かれた。お篠と順之介の未来は、絶対にそうはさせない。忠憲は、そう思っているのに違いない。

元之輔は立ち上がり、襖を開いた。襖越しに、耳を澄ましていた御女中たちは驚いて居住まいを正し、正座した。

「御女中衆、短期間に、よくぞ、ここまで調べ上げた。恐れ入った。知ることは、世の中を変える力だ。調べる時、上や仲間から、いろいろ嫌がらせや理不尽な圧力がかかったろう。それにもめげず、みな、よく頑張って調べ上げた。誉めて遣わす。そして、心から感謝いたす」

元之輔は言葉を切り、御女中たちを見回した。

「言っておく。真相を明らかにすることで、お志乃や謙之介の無念を晴らすことが出来た。きっと天上でお志乃や謙之介がおぬしたちに感謝している。みんなよくやった。これからは、御上からの理不尽な要求に、みんな力を合わせて抗してほしい。一人一人は弱くても、十人集まれば強くなる。みんな手をつなげば、嫌なことは嫌だと言える。二十人、三十人が集まれば、さらに強固な岩になろう。今回、御女中衆は、それをはっきりと示した。ありがとう。御女中衆の健闘に感謝し、心から敬意を表したい」

沈黙が流れた。彩織の顔が綻んだ。

一瞬の後、御女中たちは、どっと歓声を上げた。日頃の鬱憤を吹き飛ばす歓声だった。拍手が起こり、互いに労い合っている。

彩織が元之輔に言った。

「御隠居様、ありがとうございます。お褒めいただいて。みんな、嫌がらせを受けながらも、全力で調べました。これでやった甲斐があったというものです」

「わしも、話を聞き、忠憲が抱えていた鬱屈を理解することが出来た」

「でも、まだお篠の問題が残っています」

「そうだ。おぬしたちが、お篠や順之介の置かれている状況を明らかにしてくれただけで、解決の目処がついた」

元之輔は深くうなずいた。

三

三日が経った。

依然として、忠憲は下屋敷に戻って来なかった。彩織は御女中たちにも忠憲の行方を探らせたが、さすがの御女中たちも、忠憲を探す術は持っていなかった。

一つ朗報があった。ようやく第四子の忠道に、三河地方の小さな藩だが、養子の打診があった。部屋住みに飽いていた忠道は、喜んで話を進めるように家老に伝えた。

忠道は、五男の忠憲に常陸山中藩の婿養子の縁談が来ていることに焦っていた。弟よりも先に部屋住みを脱しないと、兄の面子が立たぬと周囲に洩らしていた。そのため、忠道は家来に指示して、忠憲の婿養子の話を遅らせようと、しきりに妨害していたのだ。

そのことが分かったのは、山中藩の江戸家老万城昌衛門の愚痴からだった。ある日、隠居屋敷の元之輔の許に、常陸山中藩の地元の銘酒宗鷹の大樽が届いた。

手紙には、元之輔が以前に紹介した蘭医幸庵に藩主関宗敬を往診してもらったところ、腹の病気が何なのか分かった。急性虫垂炎とかいう診断で、放っておいたら命にかかわると言われた。とりあえず注射を一本打ったら、藩主はだいぶ楽になったと喜んでいる。どうやら、外科手術が必要らしいが、いまは薬で痛みを散らしている。

ついては、相談があるので、急ぎ藩邸に来てほしいという内容の手紙だった。

常陸山中藩は、酒井忠憲を婿養子に迎えようとしている藩だ。元之輔は万城には、その忠憲の身辺の警護を頼まれていることはまだ話していない。

何事か、と元之輔が山中藩の藩邸に出掛けて行くと、出て来た万城は満面の笑みを浮かべ、まず藩主の関宗敬が、前より元気になった、これは元之輔のお陰だと感謝された。元之輔が本当は幸庵のお陰だと言ったが、万城は耳を貸さなかった。

万城は元之輔を書院に招き入れ、家臣に碁盤を用意させた。

「ちょっと待て。今日は囲碁を打ちに来たんじゃない。急ぎの相談があるというから来た」

「桑原、おぬし、人が悪いな。それがしには酒井家の家老たちとは付き合いはないと言っておきながら、酒井家のために、いろいろ働いておるそうじゃないか」

元之輔は、まずいな、と思った。万城にばれたか。なんと言い逃れをするかを考えた。

万城は碁盤を元之輔の前に置いた。

「正面切って話すと、互いに表向きの話ばかりで、話し合いが出来ん。こうして碁を打ちながらなら、世間の四方山話が出来る。ま、付き合え」

万城は白石の碁笥を元之輔の方に押した。

元之輔は仕方なく、白石を手に取った。

「どうして分かったのだ？」

「酒井の四男坊忠道の家来から聞いた。御隠居のおぬしが暴れん坊の忠憲のために、いろいろ画策しておるとな」

万城は話しながら、碁盤の四隅を取る構えで布石をしていった。元之輔は真ん中を白地にしようと布石して応じた。

「うむ。忠憲付きの御女中の依頼で、用心棒を頼まれた」

「用心棒？　おぬし、隠居したのだろうが？」

「だから、御隠居用心棒だ」

万城はぷっと噴き出した。だが、それ以上、何も言わなかった。それでも、元之輔は十分に傷ついた。

「忠憲は、どんなやつだ？　忠道の家来は、糞味噌に貶(けな)しておった。それがしは、そいつの話を鵜呑みにはせん。本当はどんな若者なんだ？」

「どんなことを言ったか知らぬが、わしが知る忠憲は、表は乱暴で喧嘩早いが、根は優しい、気持ちのいい若者だ」

「ふん、真逆だな……」

元之輔は、打ちながら、忠憲のいい面、悪い面を正直に話した。万城は盤面を睨みながら、黙って聞いていたが、突然に言った。

「……元之輔、刺客が放たれた。忠憲だけではない。おぬしの命も狙っている」

「わしの命もか。ありがたくない話だな」

元之輔はぴしりと白石を打ち、黒石に当たりを掛けた。万城はしぶしぶと石を打ち、当たりを回避する。

「在所の家老たちが放った先手組の五人だ。頭は、辻盤衛門。神道無念流免許皆伝だ。こいつは腕が達つ。ほかの四人は大したことはない。見張りや使い走りの雑魚だ」

元之輔は金嬉楼の前で、頭らしい風格の侍と、初めて言葉を交わした。

元之輔は白石を桂馬に打ち、白地の拡大を図った。万城は渋い顔をした。

「もう一人、凄腕の殺し屋がいるだろう?」

万城は顔を上げた。

「知らぬ。どんな男だ?」

「痩身。総髪。目がぎょろりと大きな蟷螂を思わせる異形な顔、白い着物を着流しにしている。風体からして浪人者。居合いをするらしい。鍔がない仕込み鞘を腰に差している」

「名乗ったか？」

「名無しの権兵衛。ふざけた男だ」

万城はまた盤面に目を戻した。

「そいつなら知っている。夢幻権兵衛。本当の名前は冥途に先に送ってしまったという殺し屋だ。うちの藩の者ではない」

「万城、なぜ、おぬしが、そんな夢幻権兵衛を知っているのだ？」

「揉め事のある藩を嗅ぎ付けて、ふらりと現われる疫病神だ。対立している勢力の狭間に立ち、高い金で雇ってくれる側に立って殺しをやる」

「そんなやつがいるとは知らなかった」

「それは、おぬしの藩が揉め事なしだったからだ。知らない方がいい」

「その疫病神が、なぜ、辻盤衛門たちと一緒に居るのだ？」

万城は吐き捨てるように言った。

「在所にいる守旧派家老団が雇ったのだと思う。先手組の辻盤衛門たち五人を派遣したものの、信用出来ぬからだろう」

万城は、目で黒地を数えはじめた。やがてため息をついた。

「今回は負けだな。見ただけでも白地が広い」

元之輔は白石を碁笥に戻しはじめた。

万城も仕方なさそうに黒石を碁盤上で集めはじめた。

「権兵衛の後ろには絶対に立つな。やつは背中側にいる者を刺し、ついで前に居る者を斬る。それが得意だ」

「どうして知っている？」

「……という噂だ。見たわけではない」

万城はにやっと笑った。

「お、言うのを忘れていた。それがしの首が繋がった。当分、江戸家老を続けることになった。これも、おぬしが幸庵先生を紹介してくれたお陰で、御上が元気になったからだ。礼を言う」

万城は碁盤を手で指した。

「ところで、もう一局、四方山話をしながら、どうだ？」

元之輔は一瞬迷ったが、断った。なんとなく胸騒ぎを覚えたからでもあった。

「次にしよう。旨そうな酒、ありがとう。礼を言う」

四

帰り道、若狭小松藩の下屋敷に回った。

玄関先に迎えに出た彩織は、嬉しそうな顔で言った。

「御隠居様、忠憲様が昨夜遅く、お戻りになりました」

「そうか。それは良かった。で、いまは？」

「まだお休みです。昼過ぎに起こしてくれといって、着替えもせずに布団に倒れ込み、泥のように眠ってしまいました」

「どれ、一目御尊顔を拝顔いたそう」

元之輔は上がり框に上がった。

彩織は先に立って廊下を歩いた。

忠憲の部屋の隣の控えの間は、彩織が詰めている。

布団の上に安堵の顔をした忠憲が、背を丸め眠りこけていた。躯に浴衣が掛けてあった。

枕元の傍らに正座した御女中が団扇を軽く煽っていた。御女中は元之輔を見ると島田髷の頭を静かに下げた。

「お疲れさまでした。もう結構です」

彩織は枕元に座り、団扇を持った御女中に言った。御女中はうなずき、席を立って部屋から静々と引き下がった。

「若様、そろそろ、起きてください。彩織は優しく囁いた。

忠憲はうっすらと目を開けた。

元之輔が彩織の脇に座った。

「若君、よくお戻りになりましたな」

「御隠居か」

忠憲は布団の上で大きく伸びをした。

「お、彩織、少し腹が空いた。おむすびでも握ってくれぬか。実は昨夜から飯を食べていないんだ」

「はい。若様、直ちに」

彩織はすっと立って、急ぎ足で台所へ消えた。元之輔は尋ねた。

「千両無尽講、入ることが出来たのかね？」

「千両無尽の話は、誰から聞いた？」

「順之介だ」

「あいつ、黙っていろと言ったのに」

「うまくいったのか」

「……だめだった。絶対に入れると思っていたのだが」

忠憲は肩を落とした。

「では、どうする？」

忠憲は悪戯っぽい口調で言った。

「こうなったら、金嬉楼に押し入り、お篠を攫って逃げるか」

「本気じゃないだろうな」

「…………」忠憲は頭をぼりぼりと掻いた。

元之輔は言った。

「お篠は、おぬしの腹違いの妹だったのだな？　だから、必死に足抜けをさせようとしている」

忠憲は枕元に置いてあった薬缶を取り上げ、口をつけてごくごくと水を飲んだ。口元からこぼれた水の雫を腕で拭った。

「御隠居、それがし、いま悩んでいる。俺はいったい、どっちの子だったのか、とな」

「どっちというのは?」

「秋月謙之介の子なのか、それとも酒井の子なのか」

忠憲は両手をじろりと見、いきなり自分の頰を張った。元之輔は言った。

「……おぬしの母お志乃様は、なんと言っていた?」

「母は、女だから産んだ子の父親は分かると手紙には書いていた。だから、秋月謙之介の子だと。御上への復讐のために、愛する男の子を産んだとあった。では、俺は御上への嫌がらせのために生まれた子だというのか」

「…………」

「俺はなんのために、この世に生まれて来たというのだ? 手込めにされた女の腹いせに生まれただけのことか?」

忠憲は言いながら、唇を嚙んだ。

元之輔は忠憲の悩みがなんなのかが分かった。

「違うぞ、忠憲。おぬしは、お志乃様の大事な命の賜物(たまもの)だ。どちらの血筋を受け継いでいたとしても、酒井殿も秋月謙之介も、おぬしを我が子として愛しく思っていたはずだ」

「しかし、母は御上への復讐……」

「違う。考え違いするな。お志乃様はたしかに殿のお手付きになり、秋月謙之介との間を裂かれた。その母の女としての恨みは分かってやれ。だが、おぬしはお志乃様の恨みを晴らすための人形ではない。誰の所有物でもない。おぬしは独立独歩、自分の頭で考え、己れの信念を持ち、自分の足で立って生きている人間だ。自分の生き方が出来る人間だ」

「…………」

忠憲は何も言わず、少し不精髯が生えた頬を緩めて笑った。やや心が落ち着いた様子に見えた。忠憲はぽつりと言った。

「いま、それがしの中に二人の男がいるような気がする」

「二人の男？」

「一人は、秋月謙之介の子として、妹お篠を必死に助けようという男だ」

忠憲は自嘲するようにふっと笑った。

「もう一人は酒井の息子として、そんな秋月の子を、冷ややかに見ている男だ」

「…………」元之輔は忠憲の顔を窺った。

「そして、一方の酒井の俺が囁くんだ。秋月の子であろうとすると、行き着く先は死だぞ、と。すると、今度は秋月の俺が酒井の俺を嘲笑うんだ。そういうお前は生きた屍（しかばね）ではないか、と。食って寝て糞をする、そういう毎日をただ過ごしているだけの人生だ。そんな生き甲斐のない人生は、生きている屍だと」

「おぬし、どちらの男として生きるのだ？」

忠憲はにやりと笑った。

「決まっている。いまは妹お篠を助けるために命を懸ける。お篠が助かるなら、俺の命は惜しくない」

忠憲は廊下に目を向けた。

いつの間にか、廊下に彩織が盆を抱えて佇んでいた。話を立ち聞きしていたらしい。

「お握りを持って来てくれたか。こちらに寄越せ」

忠憲は彩織に手を差し出した。彩織は慌てて、お握りをお盆ごと忠憲に渡した。お盆には、塩握りの白いおむすびが山と積まれていた。

忠憲はお盆を膝の上に載せ、そのうちの一個を手に取り、齧り付いた。

元之輔は彩織と、忠憲の豪快な食べっぷりを呆気に取られて見ていた。

「昨日から、ろくに飯を食っていなかったんだ」

忠憲は言い訳しながら、二個目のおむすびに食らいついていた。

五

隠居屋敷に戻った元之輔は、田島結之介から、今日の昼間も周辺をうろつく侍たちがいたという報告を受けた。先日と同じ顔の侍たちで、田島と目が合うと、慌てて顔を背け、逃げて行ったとのことだった。

元之輔は山中藩の江戸家老万城昌衛門から聞いた話を田島にも聞かせた。

「御隠居、その万城はどっち側なんですか？ 守旧派家老派なのか、それとも改革派家老派なのか」

「口振りからすると、どちらでもないな。藩主関宗敬を立てる中立派だ」

「そうですな。在所の守旧派家老たちが放った五人の刺客たちや、疫病神の夢幻権兵衛を教えてくれたのだから、守旧派ではなさそうですね」

「うむ。しかし、そう言って人を安心させておいて、守旧派にもこちらの話を流しておるやも知れぬ。万城は一癖も二癖もある策士だ」

「うかつには信用出来ないですな」

「うむ。万城によると、刺客たちは、忠憲だけでなく、わしの命も狙っていると言っておったが、これまでのところ、わしを狙う気配はない。どういう意味かな」

「あまり深入りするな、という警告ではないですか」

「なるほど。そうかも知れんな。わしを殺しても何の意味もないからのう」

「しかし、御隠居、そんな守旧派と改革派がお世継をめぐって揉めているような藩に、忠憲様をお世継に送り込むのは酷な気がしませんか」

「わしも、それを心配しておる」

元之輔は腕組みをした。田島が言った。

「御隠居用心棒として、忠憲様をお守りするなら、今回の婿養子の話は断った方がいい、と彩織様に話したらいかがでしょう」

「うむ。そうした方がいいかも知れぬな。一度、彩織と話をしてみよう」

掃き出し窓に人の気配があった。午後の暑い陽射しの下、一つの人影が現われた。

「勘助、帰ったか。暑い中、ご苦労さん」

元之輔は勘助を労った。勘助は急いで走って来たらしく、額に玉の汗をかいていた。

「たいへんです。金嬉楼が大騒ぎになっています」

「なに、金嬉楼に何があった」

「花魁の夕霧が、前夜、侍の客と一緒に消えたってんです。朝まで張り番の若い者は、とんずらしたことに気付かず、てんやわんやの大騒ぎになっているんです」

「まさか、その侍ってのは、大塚順之介では？」

「名前までは分からないんで。ともかく、どこへ逃げたか探せと、首代たちが血相変えて飛び回っています」

「よし。田島、わしらも行ってみよう」

元之輔は急いで身仕度を整えた。田島は勘助に言った。

「勘助、先に竪川へ行って、猪牙舟を一艘押さえてくれ」

「へい」

勘助は身を翻して庭を飛び出した。

元之輔と田島は、後は房吉とお済に頼み、尻っ端折りした勘助を追って急いだ。

金嬉楼は血相を変えた若い者たちが引っきりなしに出入りして騒然としていた。だが、そんな騒動があっても、金嬉楼は抜け目なく、通常通りに遊び客を受け入れていた。近所の遊廓も平常通りに営業しており、遊びに来た客たちは興味深そうに金嬉楼の騒ぎを横目に見、ひそひそ話しながら廓に乗り込んで行く。

元之輔は、金嬉楼の前で田島と勘助に向いた。

「わしは、生島に逢って何があったかを聞いて来る。おぬしらは、周辺を聞き込んでくれ」

「御隠居、生島は馴染みじゃないと逢わないそうですよ」

「わしは、馴染みになっている。心配いたすな」

元之輔は胸を張り、懐手をして、金嬉楼の玄関の暖簾を潜った。一斉に番頭や女中の声が上がった。

待合の間の前で、楼主の金蔵と大番頭が、目付きの鋭いやくざ者たちにあれこれと指示を出していた。

元之輔は大番頭に近寄って訊いた。

「おい、大番頭、この騒ぎはなんだ?」

「あ、御隠居さん、いらっしゃい。どうもこうもねえんで。ゆんべ、楼に上がったサンピン野郎が、夕霧と一緒に消えてしまったんですよ」

大番頭は腹立ち紛れに悪態をついた。

「サンピン野郎とは、侍のことか」

「そうなんで。以前にも来た大塚何某って旗本か御家人で、夕霧を指名しやがった。

金を持っているのか、と言ったら、百両をぽんと出して、帳場に預けやがった」

「百両？　その侍は、よくそんな大金を持っていたな」

楼主の金蔵が脇から口を出した。

「でやしょう？　で、一応、百両持っているなら、誰であれ上客ってわけで、夕霧の部屋へ上げた。な、番頭さん」

大番頭がうなずいた。

「そん時は、二人、嬉しそうに手に手を取って喜んでいたんで、夕霧の初めての馴染み客になるのかな、って思ったんですがね」

「朝になっても、ふたりは出て来ない。ま、侍も若いし、仕方ないだろう、と。それに帳場に百両も置いてあるから、安心と思っていたんです」

「だが、昼近くなっても、部屋から出て来ないんで、女中が部屋に見に行った。そしたら、布団も衣類もきちんとまとめてあって、布団の上に遺書が置いてあった」

「遺書だと？」

「そうなんで」

「なんて書いてあったのだ？」

「二人はこの世では結ばれないので、鎌倉江の島で、入水し、あの世で一緒になりますと書いてあったんです」

「なに、江の島で入水するだと」

「へい。考えてみれば、夕霧はちょっと可哀想な女で。人買いに騙されて連れて来られて……」

大番頭はぐすりと鼻を啜り上げた。

金蔵が大声で大番頭を叱った。

「番頭さん、それが甘いというんです。あれは、ニセ遺書です。そう言って首代たちの目をごまかそうとしているに決まっています。首代たちも、二人が心中せずに、どこかにとんずらしたと見て、血眼（ちまなこ）になって行方を追っているんです」

「でも、旦那様、帳場に百両預けているんですよ」

「夕霧は、百両程度の金では囲えない上玉なんですよ。これから、五百両、千両、二千両と儲けることが出来る花魁の卵だった」

元之輔は金蔵に言った。

「だが、金蔵、人買いがあの娘を連れて来た時には、娘に二十両しか払わず、人買いにも手数料五十両を値切って、二十両にしたと聞いているぞ」

金蔵はキッとなって元之輔に向いた。

「御隠居さん、いったい、誰がそんなことを」

「言っていたかって？　浅草界隈に行ってみるんだな。人買いが金嬉楼の楼主はケチだって触れ回っているそうだが」

「それは誤解です。私は、あの貧乏娘を化粧させ、身なりも最高の着物を何着も用意して、遊女に仕立て上げた。その費用はもう何百両にもなっているんです。その元を取ろうとしている矢先に、逃げられるなんて、大番頭さん、あんたの責任ですよ」

「旦那様、そう言われても、私はいつも通りに……」

元之輔は二人の脇を抜け、帳場に行った。

帳場を仕切っている女将に「馴染みの桑原だ」と名乗り、金子を包んだ紙袋をそっと女将の前に滑らせ、生島に逢いたいと告げた。

「はいはい。少々、お待ちを」

女将は女中を手招きした。

女中に案内され、二階の生島の部屋に上がった。

生島はちょうど馴染み客が帰った後で、髪結いの女に乱れた島田髷を直させていたところだった。

「御隠居様、いらっしゃい。少々、お待ちくださいね。髪が直るまで、お茶でも」

生島は女中にお茶を持って来るようにいった。女中は素直に「はい」と言い、階下に下りて行った。

元之輔は、女中が持って来た茶を啜りながら、髪結いの仕事ぶりを眺めていた。やがて、島田髷が整うと、髪結いは元之輔に頭を下げて部屋から出て行った。

「お待ちどおさま。御隠居様、本当に来てくださったんですね」

生島は嬉しそうに笑い、元之輔の手を握った。

「お茶を飲む馴染みとして参った」

生島は禿を呼び、周囲に人がいないのを確かめさせた。

「御隠居様、分かってますよ。夕霧さんのことが心配で御出でになったのでしょう?」

「うむ。忠憲から聞いた。千両無尽に入れなかったと。だから、五百両は作れないと、嘆いておった」

「そうですか。越後屋のぼんぼんが珍しく男っ気を出して、忠憲様と大前甚五郎親分のところに乗り込むと言っていたんですがね」

元之輔はうなずいた。

「忠憲は大前親分から断られた話を順之介にした。そうしたら、順之介ははじめから覚悟していたらしく、分かりましたといい、忠憲に深々と頭を下げた。順之介は、残された道は、二人で心中するしかない、と言っていたらしい」

「……そうですか」

「忠憲は、順之介に、死ぬのはまだ早い。これから、なんとか五百両を掻き集めるから、いましばらく待てと言った」

「あちきも貯えが三百両ほどあります。いざとなったら、そのお金を順之介様にお貸し出来るかと思いますが」

「いかん。おぬしが自分の身をひさいで稼いだ大事な金だ。返すあてがない順之介や忠憲に渡してはいかん」

「でも、忠憲様のためなら……」

生島は真剣な面持ちで言った。

「生島、その気持ちは忠憲に伝えておこう。だが、それももう遅い。きっと順之介は夕霧と入水して果てている。それならまだしも、もし首代たちに生きたまま捕まったら……」

元之輔は言葉を濁した。

心中が叶わなかったら、二人は見せしめに日本橋の袂に晒され、市中引き回しの上、斬首か磔、軽くても、二人は別々に遠島だ。

「可哀想な夕霧さんと順之介様」

生島は首を垂れて悲しんだ。

元之輔は腕組みをし、暗澹たる思いに沈んだ。

六

順之介と夕霧の着物や履物、簪、大小の刀が、江の島の稚児ヶ淵の岩場に、きちんと揃えて置かれてあったのが見つかったのは、翌日のことだった。

半月後、鵠沼の海岸に、男女の水死体が打ち上げられた。男女の半裸の軀は腰紐で離れないようにしっかり結ばれていた。男の髷は武家で、女は島田髷が解けた長い髪だった。

遺体はどちらもかなり腐乱が進み、顔は魚や蟹などに食べられていたので、生前の面影を窺わせるものはなかった。検分した町方役人により、二つの遺体は過日に心中した大塚順之介と夕霧と鑑定された。

遺体は鵠沼の無縁墓地に埋葬された。心中した二人は、死んだ後も冷たい扱いを受ける。

遺体が見つかった翌日、長屋の大塚家で、秋月家との合同の葬儀が行なわれた。

心中ということもあり、世間体を憚り、葬儀は家族と身内だけの簡素な密葬となった。遺骨はないので、順之介は臍の緒、お篠は櫛に付いていた髪の毛数本が、それぞれ白木の箱に入れられた。

生前の二人が夫婦になりたいと願っていたのを尊重し、大塚家の居間に設けられた祭壇には、二つの白木の箱が一緒に並べられた。

大塚家と秋月家合同の密葬は、簡素だったが、しめやかに行なわれた。

喪主の大塚善之典は、終始口をへの字に結び、じっと目を閉じていた。順之介の母は、秋月家の綾と手を取り合って泣いていた。

忠憲は沈痛な面持ちで、遺族席に座っていた。忠憲の後ろに喪服姿の彩織が沈んだ顔で控えていた。

僧侶の読経が続く中、身内の者が焼香し、ついで、近所の人たちが焼香した。

元之輔も、田島と一緒に近所の人たちに続き、祭壇の二人の箱に焼香し、心からの冥福を祈った。

焼香が終わると、元之輔は忠憲の隣に座り、焼香客たちの弔問に応えていた。

関根道場の道場主近藤大介をはじめ、道場仲間たちも駆け付け、焼香していた。

越後屋の駒次郎、鳥越の大前甚五郎親分も弔問に訪れた。

だが、葬儀に、金嬉楼の楼主金蔵は姿を見せなかった。代わりに金嬉楼の首代たちが、終始、路地をうろついていた。

田島が元之輔に耳打ちした。

「あいつら、二人が死んでも、まだ諦めないんですな。地獄の底まで追うつもりなんですかね」

「死んでも、まだ生きているかも知れないと疑ってかかる。それが首代の仕事だ」

元之輔は腕組みをし、頭を振った。


大塚家の長屋を後にしたのは、夕方近くだった。残照が武家屋敷の築地塀(ついじべい)を赤く染めていた。

元之輔は、忠憲や彩織と連れ立ち、下屋敷への道を歩いた。気が重かった。忠憲も彩織も黙したまま、重い足取りだった。

神田川まで真っ直ぐに伸びる道に入った。西日がほぼ真横から差し込み、道に家並みや築地塀の影を造っていた。

　このまま南に進めば、常陸山中藩の藩邸の側を通ることになる。そう思った時だった。

　道幅一杯に五人の黒装束姿たちが広がり、元之輔たちの前に立ち塞がった。

「何者」

　元之輔は、忠憲と彩織の前に立った。

　忠憲は、腰の刀の柄に手を掛けている。彩織も帯に差した懐剣の袋の紐を解いた。

「酒井忠憲殿とお見受けしたが、間違いないな」

　黒覆面の男が忠憲を指差して言った。聞き覚えのある声だった。

　元之輔は刀の柄に手をかけて言った。

「おぬしら、山中藩の者であろう」

「問答無用だ」

　頭の合図に黒覆面たちは一斉に刀を抜いた。

　元之輔は頭を指差した。

「おぬしは、辻盤衛門。先手組組頭とお見受けいたしたが」

「ええい、どうして、それがしを知っているのだ?」

頭の男は黒覆面をかなぐり捨てた。

ほか四人の黒装束たちも、一斉に覆面を脱いだ。全員、祭りや金嬉楼の前で見かけた侍たちだった。

名無しの権兵衛がいない。

元之輔ははっとして、後ろを振り向いた。

いつの間にか白着物を着流した痩身の侍が立っていた。ぎょろ目が異様な蟷螂に似た逆三角の顔がへらへらと笑っていた。殺気が迸(ほとばし)っている。

忠憲もはっと殺気に気付き、振り向き、彩織を背後に庇った。

「彩織、俺の後ろを守れ」

「はいッ、若様」彩織は懐剣を抜いて、胸に構え、忠憲の背後を守るように立った。

忠憲もすらりと刀を抜いた。蟷螂男に立ち向かおうとした。

「待て、忠憲。こいつは居合いだ。離れろ」

元之輔は素早く忠憲を押し退け、忠憲の前に立った。忠憲は居合いと聞いて、飛び退き、間合いを空けた。

「こしゃくな」

蟷螂男はふっと笑い、動きを止めた。白木の鞘の刀を鞘ごと抜き、縦に立てた。

普通の居合いの構えではない。

元之輔は静かに大刀の鯉口を切った。

「夢幻権兵衛、わしがお相手いたす」

「……御隠居、それがしの名を知っておったか」

「藩の揉め事を食いものにする疫病神としてな」

背後で気合いがかかった。辻盤衛門が斬り掛かり、忠憲が応戦している。彩織も懐剣で奮戦している。

辻盤衛門の腕は、忠憲よりも一枚も二枚も上だ。彩織は懐剣で闘っているが、相手は先手組の手練ばかりだ。五対三。

しかし、己れは夢幻権兵衛を相手するため、辻盤衛門たちに対応する余裕はない。

五対二。いくら忠憲は喧嘩慣れしており、剣の腕が達つといっても、不利は否めない。

元之輔は、夢幻権兵衛と睨み合いながら、次第に焦りを覚えた。

その時、背後に大勢の足音が聞こえた。

いかん。敵はまだ増えるのか。

元之輔は、夢幻権兵衛の動きに注意しながら、背後の様子を窺った。

「待て待て、辻盤衛門。引け。関宗敬様からのご下命だ。引け」

聞き覚えのある声だった。山中藩江戸家老万城昌衛門。

元之輔が振り返ろうとした一瞬、夢幻権兵衛の軀が滑らかに動き、手にした刀の抜き身がきらめいた。忠憲に迫った。

元之輔は刀を抜き、咄嗟に夢幻権兵衛の胴を払った。一瞬遅く空を切った。忠憲の前に黒い影が過り、盾になるのが見えた。喪服姿の彩織だった。

「彩織！」

忠憲が叫んだ。夢幻権兵衛の刀の抜き身が忠憲の盾になった彩織を斬った。

「おのれ、夢幻」

元之輔は夢幻権兵衛の軀に体当たりした。

痩身の夢幻権兵衛は元之輔の体当たりによろめいた。夢幻権兵衛はそのまま前につんのめり、元之輔に背を向けた。

「元之輔！　危ない」

万城昌衛門の声が聞こえた。元之輔は一瞬で悟った。

夢幻権兵衛の脇腹の横から、抜き身が真っ直ぐに元之輔の腹に向かって突いてくるのが見えた。

これか、夢幻権兵衛の必殺技は！

元之輔は逃げずに体を回して、抜き身を躱した。同時に腰にあてた刀で夢幻権兵衛の腹を斬って裂いた。

血飛沫が夢幻権兵衛の腹から噴き出した。元之輔は生温かい血を浴びた。

夢幻権兵衛はゆっくりと地面に崩れ落ちた。

元之輔は大刀を下段後方に構え、残心した。

夢幻権兵衛は腹の傷口から噴き出す血を手で押さえながら、へらへらと笑った。

「御隠居用心棒、地獄で待っているぜ」

「あいにくだが、わしは地獄には行かん」

夢幻権兵衛は笑いを止めた。がっくりと首を落とした。事切れていた。

「彩織！　しっかりしろ」

忠憲が彩織を抱えて叫んでいた。

元之輔は慌てて、彩織に駆け寄った。

「彩織」

彩織の顔は蒼白になっていた。胸元から血が迸っている。

万城昌衛門も駆け寄った。

「桑原！　藩邸に幸庵先生が往診に来ている。藩邸に運べ。まだ助かるかも知れない」

元之輔は彩織に背を向けた。

「彩織、わしの背に乗れ」

「御隠居、俺が背負う」

忠憲が身軽に彩織を背負った。

「こっちだ！　急げ、藩邸は近くだ」

万城が叫び、先に立って走り出した。忠憲が彩織を背負い、走って行く。

わしには無理だったか。

元之輔は彩織を軽々と背負い、走って行く忠憲の姿を見た。

元之輔は地べたに横たわった夢幻権兵衛を見下ろした。

用心棒心得その二。人を殺すことなかれ。

守れなかったな、と元之輔は臍(ほぞ)を嚙んだ。

七

彩織は幸運にも助かった。

その日、幸庵は看護婦を連れて、山中藩藩邸に出張手術のために訪れていた。藩主関宗敬の急性虫垂炎の手術を予定していたのだ。

運ばれた彩織は直ちに斬られた胸部の縫合手術を受けた。夢幻権兵衛の刀は、乳房を切り裂いたものの、辛うじて肋骨が刃を止め、心臓を守った。

手術は成功し、彩織は死なずに済んだ。

幸庵によれば、一月も養生すれば、傷は癒え、また元のように元気になるだろう、とのことだった。

その一月が経った。

彩織は、幸庵が見立てた通り、以前のように元気に動き回るようになった。少しやつれて見えるせいか、彩織は前よりも、お淑やかで美しさも増した。本人はそんなことはない、と否定するが。

山中藩藩主関宗敬は、彩織の手術が成功し、彩織が元気になったのを見て、虫垂炎の手術を受ける決心がついた。幸庵の説明では、臓器の盲腸の先にある虫垂が炎症を起こしている病気で、開腹手術を行い、その虫垂を切除すれば炎症は無くなるというのだが、関宗敬は、それまで幸庵の腕を信用せず、なかなか手術を受ける決心が付かなかったのだ。

関宗敬の手術もすぐに行なわれ、こちらも成功した。関宗敬も彩織とほぼ相前後して抜糸が行なわれ、彩織同様、一月もかからずに元気を取り戻した。

関宗敬の快復により、お世継問題は急がなくてもよいことになった。だが、関宗敬は、忠憲と親しく話をするようになり、忠憲を気に入った。そのため、関宗敬は娘の婿養子に迎えようと言い出すようになった。

忠憲は何度も藩邸に呼ばれ、二人の娘と見合いを重ねた。長女琴姫は、忠憲よりも二歳年上だった。物静かで、お淑やか、思慮深く、優しい女性だった。

次女美沙緒は、忠憲と同い歳で、長女に劣らず美しい顔立ちの女性だった。勝ち気で男勝り、性格は竹を割ったようにさっぱりとしていた。乗馬も好きで、長刀術にも長けていた。

忠憲は、初めは次女の美沙緒に惹かれたが、何度も逢っているうちに、年上の長女の優しさに惹かれるようになっていた。忠憲は、早くに優しい母お志乃を亡くしている。だから、もしかして、年上の琴姫を慕うようになったのかも知れない。

元之輔は、そんな忠憲の逡巡を見ているうちに、忠憲が山中藩内の守旧派と改革派の対立を無くそうとして、苦心しているのに気付いた。

正室の娘である琴姫は、守旧派の家老たちが婿養子を迎えようとしていた姫だ。次女の美沙緒は、改革派の家老や中老が推していた。忠憲は、もともと改革派の信頼が篤い。そこで、あえて長女の琴姫の婿養子になることで、守旧派を己れの支持者にしようとしているのではないのか。

元之輔は山中藩下屋敷を訪ねた後、隠居屋敷に戻った。隠居屋敷には、客が来ているらしく、外からも笑い声や話し声が聞こえた。

元之輔は玄関先に立つと、上がり框で田島が笑いながら元之輔を迎えた。

「御隠居、たいへんなお客様が御出でですよ」

「ほう、そうか。誰かな？」

元之輔は訝りながら、居間に上がった。

居間には、美男な若侍と総髪の若侍、それに見るからに俠客を思わせる親分、そして、忠憲と彩織の五人が座って団欒（だんらん）していた。

俠客を思わせる親分は大前甚五郎だった。

大前甚五郎は、元之輔を見るとにこやかな笑顔で挨拶した。

「御隠居様、お帰りなさいませ。本日は特別なお二方をお連れしました」

二人の若侍は、正座し直し、元之輔に頭を下げた。

「御隠居様、お久しぶりにございます」

色白の女のような顔立ちの美しい侍が元之輔に頭を下げた。どこかで会ったような顔の侍だが、はて、と思い出せなかった。すると隣に座った総髪に口髭を生やした若侍が笑いながら、元之輔に挨拶した。

「御隠居様、その節には、ご心配をおかけしました。それがし……」

元之輔ははっとして総髪の若侍を見た。

「順之介、大塚順之介ではないか」

隣の若侍を見て、絶句した。

「その節は、お助けいただきありがとうございます」

色白で美男の若侍は目に涙を一杯溜めていた。

「おぬしは、お篠」

元之輔は自分の目を疑った。目の前に、生きたお篠と順之介が座っている。

「おぬしたち、死んだのではなかったのか」

「大塚順之介とお篠は、死にました。ここにいる二人は、その生まれ変わりでござる」

順之介は胸を張って言った。お篠は顔を伏せて涙をこぼしていた。

元之輔は、脇で笑っている忠憲に顔を向けた。忠憲は笑顔で大前甚五郎を見た。

「すべては大前甚五郎親分のお陰で、二人はこの世に生き延びることが出来たのです」

元之輔は大前甚五郎を見た。

「いやいや、あっしは、忠憲様の義の心に惚れ込んで、お助けしただけ。忠憲様がお篠様と大塚順之介様を助けるためには、己れは死んでもいいとおっしゃった。その義侠心にあっしは打たれ、力をお貸ししただけです」

「どのように、やったのですかな?」

元之輔は大前甚五郎に訊いた。忠憲が代わりに答えた。

「大前甚五郎親分の差し金で、順之介が千両無尽のために用意した百両を金嬉楼の帳場に預けて、預かり証を受け取ったんです……」

百両を預かったので、楼主も大番頭も油断して、夕霧と順之介を監視する手を緩めた。順之介とお篠は、大前甚五郎親分の手下たちが用意した梯子で、金嬉楼の二階から脱出した。金嬉楼の近くに用意した屋根船に二人を乗せ、大川を越えて、鳥越の黒屋敷に送り込み、匿った。

一方、大前甚五郎親分の子分たちは、夕霧の着物や簪、履物と、順之介の大小の刀などを江の島の稚児ヶ淵の岩場に運び、二人が入水心中をしたように工作した。

それだけでは、追っ手の首代たちの目をごまかせないので、大前甚五郎親分は鈴が森の処刑場から男女の遺体を運び出し、心中した男女のように仕立てて鵠沼の海岸に運んだ。

鳥越の黒屋敷は安全とはいえ、首代がいつ目を付けるか分からないので、お篠は侍姿に変装させた。順之介も総髪に口髭を生やして、一見では順之介と分からないように変身させた。

「いままで、御隠居や彩織に真相を打ち明けなかったのは、どこから話が洩れて、首代が聞き付けるか分からなかったからです。申し訳ありません。お許しください」

忠憲は元之輔に頭を下げた。一緒にお篠と順之介も頭を下げた。

元之輔は笑った。

「許すも許さないもない。お篠と順之介が死なないで無事だっただけで、わしが言うことはない。しかし、これからは、いかがいたすつもりかな」

順之介とお篠は、忠憲と顔を見合わせた。

忠憲が座り直し、元之輔に言った。

「それがし忠憲は、明日、常陸山中藩の藩主関宗敬様をお訪ねし、関宗敬様のご正室の娘琴姫の婿養子にさせていただく所存です」

「なに、関宗敬様の世継になる決心をしたのだな。それはめでたい」

「それがしが、常陸山中藩の藩主関宗敬様のお世継になるにあたり、大塚順之介を近侍に召し抱えます。そして、お篠は順之介と夫婦になる。これで、首代から追われることはなくなりましょう」

「なるほど、それで、めでたしめでたしの大団円（だいだんえん）になるのう」

元之輔は納得した。だが、と元之輔は気になって訊いた。

「大前甚五郎様にいろいろ、ご面倒をおかけしたが、そのお礼はしなければならぬのでは？」

「ははは。その心配はご無用です。すでに、順之介様から、金嬉楼に預けた百両の預かり証を頂きました。先日、金嬉楼の楼主金蔵に預かり証を渡し、百両全額をせしめましたので。その時の金蔵の困った顔をお見せしたかったですなあ」

大前甚五郎は豪快に笑った。

元之輔は書院の丸窓から見える満月に目をやった。草むらから鈴虫の軽やかな音が響いてくる。

八

元之輔はため息をついた。

今日、忠憲と順之介、お篠は、藩主関宗敬の大名行列に同行し、常陸山中藩の在所に出立(しゅったつ)した。彩織も忠憲の御傍付となり、行列に混じっていた。

彩織は、別れ際、元之輔に駆け寄り、人目も憚らず、抱きついた。

「御隠居様、いや元之輔様、楽しゅうございました。あなたとの思い出は一生忘れません。どうぞ、くれぐれもお達者で」

彩織は、そう元之輔の耳元に囁いた。彩織の手が元之輔の手を握り、そして離れて行った。永遠に。

別れは、甘い哀しみか。

元之輔は、残日録(ざんじつろく)を開き、徐(おもむろ)に筆を走らせた。

本日も好天なり。満月に鈴虫の悲愁を聴く。ほかに書き記すことなし。

元之輔は、しばらく目を閉じ、彩織の面影を偲んだ。それから、廊下に出て、月光の下に立ち尽くした。寂寞たる孤独がまわりから押し寄せて来るのを感じた。

二見時代小説文庫

暴(あば)れん坊若様(ぼうわかさま)　御隠居用心棒(ごいんきょようじんぼう)　残日録(ざんじつろく)2

二〇二四年　十　月二十五日　初版発行

著者　森(もり)　詠(えい)

発行所　株式会社　二見書房
〒一〇一-八四〇五
東京都千代田区神田三崎町二-一八-一一
電話　〇三-三五一五-二三一一［営業］
〇三-三五一五-二三一三［編集］
振替　〇〇一七〇-四-二六三九

印刷　株式会社　堀内印刷所
製本　株式会社　村上製本所

落丁・乱丁本はお取り替えいたします。定価は、カバーに表示してあります。
©E. Mori 2024, Printed in Japan.
ISBN978−4−576−24090−9
https://www.futami.co.jp/historical

森詠

御隠居用心棒 残日録

シリーズ

以下続刊

①落花に舞う
②暴れん坊若様

「人生六十年。その後の余生はおまけだ。あとは自由に好きなように生きよう」と深川(ふかがわ)の仕舞屋に移り住んだ桑原元之輔(くわばらげんのすけ)は、羽前長坂(うぜんながさか)藩の元江戸家老。そんな折、郷里の先輩が二十両の金繰りに窮し、娘が身売りするところまで追い込まれていると泣きついてきた。そこに口入れ屋の扇屋伝兵衛(おうぎやでんべえ)が持ちかけてきたのは「用心棒」の仕事だ。御隠居用心棒のお手並み拝見!

森詠

会津武士道

シリーズ

①ならぬことはならぬものです
②父、密命に死す
③隠し剣 御留流
④必殺の刻
⑤江戸の迷宮
⑥闇を斬る
⑦用心棒稼業

江戸から早馬が会津城下に駆けつけ、城代家老の玄関前に転がり落ちると、荒い息をしながら「江戸壊滅」と叫んだ。会津藩上屋敷は全壊、中屋敷も崩壊。望月龍之介はいま十三歳、藩校日新館にて文武両道の厳しい修練を受けている。日新館に入る前、六歳から九歳までは「什」と呼ばれる組で会津士道に反してはならぬ心構えを徹底的に叩き込まれた。さて江戸詰めの父の安否は？
剣客相談人（全23巻）の森詠の新シリーズ！

二見時代小説文庫

森詠

剣客相談人 シリーズ

一万八千石の大名家を出て裏長屋で揉め事相談人をしている「殿」と爺。剣の腕と気品で謎を解く！

① 剣客相談人 長屋の殿様 文史郎
② 狐憑（つ）きの女
③ 赤い風花（かざはな）
④ 乱れ髪 残心剣
⑤ 剣鬼往来
⑥ 夜の武士（もののふ）
⑦ 笑う傀儡（くぐつ）
⑧ 七人の剣客
⑨ 必殺、十文字剣
⑩ 用心棒始末
⑪ 疾（はし）れ、影法師
⑫ 必殺迷宮剣
⑬ 賞金首始末
⑭ 秘太刀 葛の葉
⑮ 残月殺法剣
⑯ 風の剣士
⑰ 刺客見習い
⑱ 秘剣 虎の尾
⑲ 暗闇剣 白鷺
⑳ 恩讐街道
㉑ 月影に消ゆ
㉒ 陽炎（かげろう）剣秘録
㉓ 雪の別れ

二見時代小説文庫

氷月 葵

密命 はみだし新番士 シリーズ

以下続刊

① 十五歳の将軍

十八歳の不二倉壱之介は、将軍や世嗣の警護を担う新番組の見習い新番士。家治の逝去によって十五歳で将軍の座に就いた家斉からの信頼は篤く、老中首座に就き権勢を握る松平定信の隠密と闘うことに。市中に放たれた壱之介は定信の政策を見張り、町の治安も守ろうと奔走する。そんななか、田沼家に仕官していた秋川友之進とその妹紫乃と知り合うが、紫乃を不運が見舞う。

二見時代小説文庫

氷月 葵

神田のっぴき横丁 シリーズ

完結

①殿様の家出
②慕われ奉行
③笑う反骨
④不屈の代人
⑤名門斬り
⑥はぐれ同心の意地
⑦返り咲き名奉行

次は勘定奉行か町奉行と目される三千石の大身旗本真木登一郎、四十七歳。ある日突如、隠居を宣言、家督を長男に譲って家を出るという。いったい城中で何があったのか？　隠居が暮らす下屋敷は、神田のっぴき横丁に借りた二階屋。のっぴきならない人たちが〈よろず相談〉に訪れる横丁には心あたたまる話があふれ、なかには〝大事件〟につながることも……。心があたたかくなる！　新シリーズ！

二見時代小説文庫